Character
アッシ＝マエジマ
サラ
シルビア＝スカイウォーク
セリス＝ミラ＝ラッセ

ヨシミ＝ヨシイ＝トヨトミ
アリス＝スタッカート
アンゼ＝リム＝アッシュホード

異世界転移に巻き込まれたので、
抜け駆けして
最強スキルを貰ったった。

CONTENT

異世界転移に巻き込まれたので、抜け駆けして最強スキルを貰ったった。②

38℃

第三章　ネテシアの勇者達

［　第一話　ネテシアの勇者達　異世界召喚一日目①　］

《Ｓｉｄｅ　新人女神《エステエニア》》

カイト様が言うには今回で【創造魔法】と【強奪】、【コピー】と【スキルコピー】は封印することに決まった。

人間が過剰にスキルを持つことで神の領域まで入って来られてしまうからだ。

神々の戦いで少なくなった神を補完するために設けられていた、人から神へと至る道筋に必要とされたスキルだったが今は不要だ。

むしろ残しておくと、この世界を壊しかねない。

欲のないヨシミ君とケンジ君の二人にスキルを割り振り、他にも強いスキルを持つ人間はいるが、神の領域まで上がってくることはないだろう。

願わくば、ヨシミ君には早く死んでいただきたいものだ。

創造魔法は望めば、いくらでもスキルを作り出せてしまうので、万が一ということもあるからだ。

ネテシア王国に転送する勇者達には各々の性格や地球での生活を反映させてスキルを組む、マッチングプログラムでスキルを割り振る。

マッチングプログラムでは、光の勇者、聖戦士、賢者、聖女の称号は抜きん出た強さになるため注意が必要だ。マッチングの結果次第では、手直しをしなければならない。

勇者召喚の折りに勇者の称号のない【巻き込まれし者】を作ることもできる。

【巻き込まれし者】は、ダークホース的な活躍をすることがある。世界に革新をもたらすこともある。


条件1．オタクであること。

条件2．いじめられていること。

条件3．幼馴染でクラスのアイドルから好かれていること。

条件4．かばってくれるイケ面の親友がいること。


さらに本当になんの関係もない者を巻き込んで『巻き込まれし者』を作ることもできる。

今回で言う【巻き込まれし者】とは、勇者召喚に抱き合わせ連れ込んだ中年男【吉井良見《よしいよしみ》】がそれに該当する。

さらに神の力技で召喚勇者の一人に特殊スキルを与え切り離し、別の場所に転送するということもしている。

ゆえに召喚勇者から【巻き込まれし者】を作る必要はない。設定なしで組む。

『吉井良見様』と『高橋賢志《たかはしけんじ》様』はカイト様もご観察なされるだろう。

私は、たまに気にかける程度でいいだろう。

《Ｓｉｄｅ　コウタ＝アキヤマ》

目を覚ますと、そこは僕の知る教室ではなかった。教室よりも広く壁や天井が石造りだ。

窓らしきものは全くないが、床には魔方陣のような図形が描かれている。地下なのか？

天野《あまの》君の足元に浮かんだものと似ている。クラスメイト達は天野君を中心に魔法陣の内側にいた。

僕の側には聡志《さとし》、エミ、姫野《ひめの》さんがいて不安そうに辺りを見渡している。

「ようこそ！　いらっしゃいました勇者様」

突然声がしてみんなの意識がそちらに向く。

見た目はおそらく同年代。青い瞳の綺麗な顔の胸の大きな女性が、二人の騎士に守られるように現れた。

その後にも騎士らしき人と魔導師と思われる人が大勢現れた。

騎士に守られた女性の服装は、お姫様のような豪華な西洋のドレス纏っている。

胸元が大きく開いたノースリーブ、オッパイが零れそうだ。

ノーブラだ。

天野君が臆することなく彼女に話しかけた。

「貴方は誰ですか？　ここはどこですか？」

よし！　天野君がんばれ。うまく訊き出すんだ。君に任した。

「私はネテシア王国第一王女のソフィア＝レム＝ネテシアです。ここはイーシャランテ、皆様がいた世界とは別の世界です」

やっぱ姫様だったか。テンプレ通り。なんていうラノベ？　と問いたい。

「別の世界？　異世界ってこと？」

「バカ言え。そんなことあるか」

「早く帰してよ」

異世界と聞いて、口々にクラスメイト達が疑問や不満の声をあげだした。

「好太《こうた》どう思う？」

聡志に聞かれる。

「割と本当に異世界だと思う」

「どうしてそう思った」

「いつの間にか全く知らない場所にいる。集団拉致の可能性もあるけど、こんな人数を一度に誘拐できないじゃないかな？」

「私も異世界だと思う」

姫野さんも僕と同じ意見のようだ。

いつも騒がしいエミは下を向いて考えている。

「でもよう、異世界っていうのは信じられねぇよ」

「よく見ろよ。白人だぜ。鎧を着た騎士もいる。僕達がこの場所に来る前は教室にいたろ。それは覚えてる？」

「それは覚えてるけどよ……」

「じゃあ、教室からこの場所に来る前後のことは？」

僕のその問いに聡志ではなくエミが答えた。

「……アキトの足元を中心に何か図形のようなものが光ったわ」

「エミの言う通りだ。光が収まって気が付いたら此処にいた。全員が途中のことを覚えてない。異世界に来たってことが本当だと仮定したほうが、辻褄が合う」

あのオッパイ姫様が僕達をこっちの世界に呼んだんだろう。

今も話を続けているオッパイ姫様と天野君を見る。

「では貴方がたが僕達をこの世界に呼んだということですね？」

「はい。そうです」

どうやらテンプレの勇者召喚らしい。

悪いテンプレでありませんように。

「詳しい話は国王からお聞きください。共に謁見の間へいきましょう」

「……わかりました」

「おいおい！　何勝手に決めてんだ！　天野！」

天野君の独断とも言える返事に一之瀬《いちのせ》が噛みつく。

一之瀬、テンプレだから黙ってくれ。逆らうと命の危険度があがる。

どうせ変わらないから少しは心証良くすることを考えろ。殺されるぞ。

「一之瀬、他にどうしようというんだ。何をするにしても状況を把握しないとわからない。詳しい話を国王様がしてくれるというんだぞ。聞いてから判断していいんじゃないかな」

天野君の言い分は正しい。

勝手に判断して良いことではないが、いつまでも此処にいても仕方がない。

一之瀬はチッと舌打ちしただけで引き下がった。

廊下を歩き大きな開きドアの前で一旦止まった。

「勇者様をお連れいたしました」

案内の騎士が大きな声をあげる。

「入れ！」

中から男の声がし、左右に立ち並ぶ騎がドアを開ける。

そこには赤絨毯を挟んで貴族が奥まで立ち並んでいた。

赤絨毯を歩き案内の騎士が跪いたので合わせて跪く。

「面をあげ！　よく来てくれた勇者達よ」

別に来たくありませんでした。

豪奢な椅子に腰かけ僕達を見下ろしている男。

筋肉質な四〇代の男、精悍な顔つきで見るからに武王だ。

「カール＝グレイドル＝ネテシアだ。この国の王をしている。さて勇者よ。説明をしよう。ソフィアはどこまで説明した」

「はいお父様。ここは別世界だということは話しました。残りはお父様が全部説明すると仰っていたので控えております」

「おおぉ。そうであったな。では、一から説明するとしよう」

最初に、この世界について説明を受ける。

この世界、イーシャランテには人族、獣人、エルフ、ドワーフ、魔族などの種族がいるらしい。

人族は、全ての種族の中で最弱の種族ではあるが最も数の多い種族。

獣人は、人間の体に獣耳や尻尾といった動物の特徴を持った人種で身体能力がずば抜けて高い。

エルフやドワーフなどは妖精族になるらしい。

エルフは長寿で魔法に長けた種族で、ドワーフは鉱山に多く住み採掘や鍛冶を主に仕事にしている。

魔族は悪魔や吸血鬼やサキュバス、堕天使などからなるらしい。

あとドラゴンもいるらしい。『力の塊』、『災厄の権化』物騒な呼び方が多い最強の種族だ。

「そして聖戦が終わった後も、何度も魔王は現れ、その度に我々は勇者を召喚し、魔王を退けてきたのだ」

「それはつまり、勇者を何度も召喚されて来た、ということでしょうか？」

質問したのは天野君だ。

「そうだ。過去に四回、勇者召喚は行われた。今回は五回目ということになる」

「僕達が勇者ということのようですが、魔王を倒すため戦えということですか？」

天野君の言葉でクラスメイト達は騒ぎ出す。

「俺達に戦えってこと？」

「そんなの無理だろ」

「できるわけない」

「それよりも早く帰してよ」

思い思いにしゃべり出す。

「俺達、平和な日本にいたんだ。いきなり戦場に出ろって言われても無理だ」

国王が口を開いた。どうやら、みんなの言葉に答えるようだ。

「申し訳ないが、すぐに帰すことはできない」

予想通りだ。

天野君は国王の言葉に目を見開いた。

「そ、それはどういうことですか！　喚ぶことができるのなら帰すこともできるでしょう！」

どうやら天野君はすぐに帰れると考えていたようだ。

だから、さっきまで冷静でいられたんだな。

「我々が知っているのは召喚の儀式だけ。送還の儀式は知らないのだ」

無責任。とんだクズ野郎だ。

「だが安心してくれ！　文献によれば、魔王が送還の儀式を知っているようだ。魔王を倒せば君達は元の世界に帰ることができる！」

はいウソ！

帰るために送還の儀式を知っているヤツを倒してどうすんだ。訊けないだろ。

それに、どうして人間側に勇者召喚の儀式しかなくて送還の儀式を魔王が知っているんだよ。

普通、二つはセットだろ。

さらに言うなら、召喚していない魔王が、どこへ送還するんだよ。明らかに魔王は送還できないだろう。

魔族の国の王様だから魔王なんだろ。それなのに魔王が悪だと？

人族至上主義者なんじゃないの？

あかん。魔王軍との戦争ってのも怪しい。

口振りから魔王側から攻めて来たって感じだったけど、もしかしてネテシア王国から攻めたのかもしれない。

僕がそんなことを思案していると国王の「帰れる」という言葉にクラスメイト達の雰囲気がどことなく明るいものに変化した。

帰れる可能性ができたことに心の余裕が生まれたのだろう。

その中で天野君が国王に話しかける。

「ですが国王様。僕達は戦争とは無縁の日本から来ました。いくら僕達が勇者だと言われても戦ったことなんてありません。役に立てるとは思えません」

「それならば問題ない。勇者召喚の際に異世界人である君達のステータスは大幅に底上げされている。これは異世界に渡った影響らしい。加えて勇者である君達には女神エステェニア様から特別な力も授けられているはずだ」

その言葉にクラスメイト達が色めき立つ。

「特別な力だって！」

「それって、全員あるってこと？」

「なら俺にもあるってことだろ！」

あ～マズい。

帰れるかもしれないという安心感からか、クラスメイト内の空気が戦う方向に流れている。

厳密にクラスの七割が流れている。
二割は状況を把握しようとしている。
残りの一割は不安に怯えている。
聡志とエミ、姫野さんは状況を把握しようとしている。
天野君は戦う気だ。
やれやれ君達わかっている？
殺し合いだよ。命を賭けるんだよ。大丈夫？

【　第二話　ネテシアの勇者達　異世界召喚一日目②　】

「騎士団が君達を戦えるように鍛える。君達は勇者だ。すぐに強くなれる。まずはステータスと唱えてほしい。我が国の一般市民の平均は５０だ。君達勇者はその五〜一〇倍の力や能力があるはずだ」

僕はステータスを確認することにした。
これによっては身の振り方が変わる。
『ステータス』と唱えると、目の前に半透明のウィンドウが現れた。

『ステータス』
名前：コウタ＝アキヤマ（秋山好太）
種族：人間　年齢：１６才　性別：男

職業：賢者
レベル：1
体力：250／250
魔力：300／300
幸運：S
状態：良好
基本スキル：剣術Lv．1　鍛冶Lv．1　全属性魔法Lv．1　採掘Lv．1　採取Lv．1　調合Lv．1　回復魔法Lv．1
レアスキル：鑑定Lv．1　錬金Lv．1　エリアサーチLv．1　魔術式Lv．1　隠蔽Lv．1　夜目Lv．1　獲得経験値2倍
スペシャルスキル：アイテムボックスLv．1　付与魔法Lv．1　転移魔法Lv．1
ユニークスキル：異世界言語
エクストラスキル：
称号：異世界人　勇者
加護：女神エステェニアの加護（大）
装備：学生服（上）　学生服（下）　皮靴
所持品：スマートフォン

……幸運S。女神様ありがとう。
圧倒的に強くはないがこれはこれでOK。隠蔽スキルでちょっと隠そう。

『ステータス』
名前：コウタ＝アキヤマ（秋山好太）
種族：人間　年齢：16才　性別：男
職業：賢者
レベル：1
体力：250／250
魔力：300／300
幸運：S
状態：良好
基本スキル：剣術Lv．1　鍛冶Lv．1　全属性魔法Lv．1　採掘Lv．1　採取Lv．1　調合Lv．1　回復魔法Lv．1
レアスキル：鑑定Lv．1　夜目Lv．1　エリアサーチLv．1　獲得経験値2倍　錬金Lv．1　魔術式Lv．1　隠蔽Lv．1（隠蔽中）
スペシャルスキル：アイテムボックスLv．1　付与魔法Lv．1　転移魔法Lv．1（隠蔽中）
ユニークスキル：異世界言語
エクストラスキル：
称号：異世界人　勇者
加護：女神エステェニアの加護（大）
装備：学生服（上）学生服（下）皮靴
所持品：スマートフォン

ふと周囲を見てみると、クラスメイト達も自身のステータスを確認している。
ちょっと他のヤツのステータスを覗き見してみるか。
とりあえず天野君、エミ、聡志、姫野さんだ。

名前：アキト＝アマノ（天野明人）
種族：人間　年齢：１６才　性別：男
職業：魔法騎士
レベル：１
体力：５００／５００
魔力：３２０／３２０
幸運：Ａ
状態：良好
基本スキル：剣術Ｌｖ．１　回避Ｌｖ．１　回復魔法Ｌｖ．１　全属性魔法Ｌｖ．１
レアスキル：鑑定Ｌｖ．１　夜目Ｌｖ．１　身体強化Ｌｖ．１　氷魔法Ｌｖ．１　雷魔法Ｌｖ．
スペシャルスキル：アイテムボックスＬｖ．１　転移魔法Ｌｖ．１　縮地Ｌｖ．１　詠唱破棄　状態異常
無効　必要経験値１／２
ユニークスキル：異世界言語　光魔法Ｌｖ．１
エクストラスキル：
称号：異世界人　光の勇者
加護：女神エステェニアの加護（中）
装備：学生服（上）学生服（下）皮靴

所持品：スマートフォン

名前：エミ＝スガワラ（菅原笑美）
種族：人間　年齢：１５才　性別：女
職業：魔法使い
レベル：１
体力：２３０／２３０
魔力：３１０／３１０
幸運：Ａ
状態：良好
基本スキル：全属性魔法Ｌｖ．１　回復魔法Ｌｖ．１　回避Ｌｖ．１
レアスキル：鑑定Ｌｖ．１　遠目Ｌｖ．１　夜目Ｌｖ．１　氷魔法Ｌｖ．１　雷魔法Ｌｖ．１　獲得経験値２倍
スペシャルスキル：アイテムボックスＬｖ．１　転移魔法Ｌｖ．１　詠唱破棄　魔力回復（大）
ユニークスキル：異世界言語
エクストラスキル：
称号：異世界人　勇者
加護：女神エステェニアの加護（中）
装備：セーラー服　皮靴
所持品：スマートフォン

名前：サトシ=オカノ（岡野聡志）
種族：人間　年齢：16才　性別：男
職業：魔法剣士
レベル：1
体力：320／320
魔力：210／210
幸運：A
状態：良好
基本スキル：剣術Lv．1　回避Lv．1　火魔法Lv．1　風魔法1Lv．1
レアスキル：鑑定Lv．1　瞬動Lv．1　雷魔法Lv．1　獲得経験値2倍　身体強化Lv．1
スペシャルスキル：アイテムボックスLv．1　無病息災　体力回復（大）状態異常無効　詠唱破棄
ユニークスキル：異世界言語
エクストラスキル：
称号：異世界人　勇者
加護：女神エステェニアの加護（中）
装備：学生服（上）学生服（下）皮靴
所持品：スマートフォン

名前：ナナカ=ヒメノ（姫野奈菜花）
種族：人間　年齢：15才　性別：女
職業：魔法剣士

レベル：1
体力：240／240
魔力：300／300
幸運：A
状態：良好
基本スキル：剣術Lv．1　回復魔法Lv．1　風魔法Lv．1　回避Lv．1　加速Lv．1　気配遮断Lv．1　気配察知Lv．1　生活魔法
レアスキル：鑑定Lv．1　獲得経験値2倍　氷魔法Lv．1　瞬動Lv．1　夜目Lv．1　エリアサーチLv．1
スペシャルスキル：アイテムボックスLv．1　状態異常無効　詠唱破棄
ユニークスキル：異世界言語
エクストラスキル：
称号：異世界人　勇者
加護：女神エステェニアの加護（中）
装備：セーラー服　皮靴
所持品：スマートフォン

まさにチート。

天野君に至っては光の勇者である。もう君だけでいいんじゃないか？

「諸君、話を戻すが我々に協力してくれないだろうか。この世界を守るためにどうか魔王を倒してほしい」

国王の言葉にみんながハッとする。

ステータスで浮かれていたが、このままだと自分達は戦わなければならない。

「みんな！　聞いてくれ！」

天野君は真剣な表情でクラスメイト達を見渡し注目が集まったことを確認すると話し出した。

「みんな不安だと思う。正直俺も怖い。何もしなければ帰れない。魔王を倒せないと元の世界に帰れない。それにこの世界の人達が危機にさらされている。俺はそれを放っておけない！　俺は魔王を倒しこの世界の人達を守りたい。みんな協力してくれ！　みんなで元の世界に帰ろう！」

不安で絶望していたクラスメイト達に落ち着きと活力が戻った。

彼等や彼女達は天野君に希望を見出しているようだ。

女子にいたっては熱っぽい視線を向けている者もいる。

「まぁ、この状況じゃーな」

「そうだね。それに、みんな一緒ならきっと大丈夫よ」

「まっ、どの道今のままじゃあ元の世界に帰れないし」

聡志、エミ、姫野さんが賛同する。

流れに乗るかのように他のクラスメイト達も賛同していく。

この状況だ。クラスメイト達がリーダー天野に縋りたくなるのもわかる。

聡志、エミ、姫野さんもあの空気だと賛成するしかないのだろう。

そのきっかけを作った天野君にいたっては、自分が勇者だってことに酔っているようにさえ見える。

国王を見ると口もとに嫌な笑みを浮かべている。

うわぁ～こりゃ早々に逃げ出したほうが良いんじゃなかろうか。

【 第三話　最適職は錬金術師 】

《世界召喚　一日目　Ｓｉｄｅ　カズマ＝イオリ》

晩餐会があるというので、どんな異世界料理が出てくるのかと期待していたら、出てきた料理はコメがないだけでファミリーレストランと変わらない。

口に入れやすいといえるが、なんの肉を使っているか聞いたところでわかんねぇし。

牛とかブタとかが、この世界の主流の肉とも限らない。

そもそも鹿、猪、羊肉さえ普段は食べない日本人。

アメリカ、オーストラリアはワニを食べるし、隣の国では犬肉さえ食べている。

投稿小説サイトで勇者召喚モノのファンタジー小説を読み漁った者としては、警戒するに越したことはない。

召喚されたクラスメイト全員が【鑑定】スキルを持っていたので隷属させるような品は配られることはなかったが、食べ物の中に精神支配系の薬物が混ぜられていないとも限らない。

『支給品、貰った物が隷属させる品の可能性があるので、身に付ける前に鑑定すること』、『出される食べ物に精神支配系の薬物混入のおそれがあるので、食べる前に鑑定すること』などをメモ帳の紙に書いてクラスメイト全員に配っておいた。

ヨーロッパ旅行と勘違いしているバカ女子達には少なからず衝撃が走り、『同じ人間がそんな酷いことはしないよ』と言う者もいるので、イ〇ラ〇ッ〇ス〇ートでは兵士の報酬に奴隷女が宛がわれていたことを話し、モノ扱いされたくなければ鑑定しておけと付け加えた。

オレのメモ効果なのか晩餐会では、はしゃいでいるクラスメイトはなく、召喚した王女、宮廷官僚の今後の話を猜疑的に聞く場となった。

第一王女のソフィア殿下がしきりに天野に話しかけている。

天野は『光の勇者』の称号を持つ最強勇者だ。

王女のドレスは胸元が広く胸の谷間を強調するようにできている。

色仕かけか。

クラスの女子は苦々しくそれを見ているようだ。

天野は普段からモテるので、色仕かけに引っかかるとも思えないが。

モテないオレだって引っかからん。

《異世界召喚　五日目》

朝食後に座学があり魔法について学ぶ。その後に午前の訓練が始まる。

訓練所に集まるとスマートフォンの大きさの銀色の板が配られた。

全員に配り終えたのを確認すると騎士団長ヤコフ＝バークレが説明を始めた。

「よし、全員貰ったな！　このプレートはステータスプレートと呼ばれている。文字通り自分のステータスを示してくれるものだ。身分証明書にもなっている。失くすなよ！　まず魔法陣が刻まれてるほうを表にしてくれ。その魔方陣に満遍なくツバを塗りたくってくれ。それで登録できる。それが終わったら裏返しにして側面のボタンを長押ししてくれ。そうすると今日の日付けと今の時刻が表示される。どうだ!?」

今まで読んだファンタジーは血を垂らすものだったが、ツバを塗りたくるのかよ。斬新だな。

「上にスライドすると今現在のレベルとステータスが表示され、下にスライドすると次のレベルまでの経験値が表示される。出たか!?」

まんま時計だ。二四時間表示?

「時計は一日二四時間、一ヶ月は三〇日、一年は一二ヶ月となっている。これはお前らの先輩勇者が決めた全国共通の決め事だ」

オレは魔方陣にツバを垂らし、右の人差指で満遍なく塗りたくる。

裏返しにして長押しする。無事、時計が起動した。

指でスライドするとステータスが表示された。

名前:カズマ＝イオリ(伊織数馬)
種族:人間　年齢:16才　性別:男
職業:錬金術師
レベル:1
体力:250/250
魔力:250/250
幸運:S
状態　:良好
基本スキル:剣術Lv.1　採取Lv.1　回避Lv.1　調合Lv.1　採掘v.1　風魔法Lv.1
　土魔法Lv.1　気配遮断Lv.1　気配察知Lv.1　生活魔法
レアスキル:鑑定Lv.1　錬金Lv.1　隠蔽Lv.1　瞬動Lv.1　神速Lv.1　遠目Lv.1
夜目Lv.1　分離Lv.1　融合Lv.1　隠密Lv.1　魔術式Lv.1　獲得経験値2倍
スペシャルスキル:アイテムボックスLv.1　縮地Lv.1　転移魔法Lv.1　詠唱破棄　状態異常

無効
ユニークスキル：異世界言語　オートヒーリング（大）
エクストラスキル：
称号：異世界人　勇者
加護：女神エステェニアの加護（大）
装備：鋼の剣　オーガの革服　オーガの革ズボン　オーガの革ブーツ
所持品：スマートフォン　ステータスプレート

「おし！　次に時刻表示に戻して一回軽くタップするとマップ表示になる。指で右、左と動かすと地図も移動する。拡大、縮小は親指と人差指を画面上で開いたり閉じたりすればできる。また、ダンジョンマップを見る場合は最初のタップを二回すればＯＫだ。拡大、縮小、移動も同じ操作だ。いいな!?　説明を終わるぞ！」

こりゃ〜、自分がゲームのキャラにでもなったような錯覚におそわれるな。

いや自分の命を賭けたゲームか、だとしたら随分いやらしい。

他のクラスメイトもマジマジと自分のステータスを見ている。

この中にわかってないヤツいるな、きっと。

「ステータスは日々の鍛錬で上昇する。魔法も練習すれば精度も上がりレベルも上がる。練習あるのみだ。あとお前ら自身の装備を宝物庫から選んでもらう。楽しみにしておけ。次に『職業』についてだが最も自分に向いた職業が表示されている。表示された職業以外にもなれるが適正でないものがなっても適正のあるものには遠く及ばない。止めておけ」

オレの最適職は錬金術師か。鑑定でわかっていたけどな。

第二職業の魔法剣士は表示されないんだな。

こりゃ肩身が狭そうだ。宝物庫にオレの分の剣があることを願うばかりだ。

天野だけが特別かと思ったら秋山は賢者だ。

他の連中も天野に及ばないがいいスキルを持っているようだ。

それに、どいつもこいつも戦闘系。

脱げ出す時の保険をかけておくか。

【神速】と【転移魔法】、【隠蔽】も隠しておかないとな。

報告の順番が回ってきたのでヤコフ団長にプレートを見せる。

今まで戦闘系の職業ばかりでホクホクしていた団長の表情が「ん?」と真顔になり困惑している。

微妙な表情でプレートを返された。

「『錬金術師』とはまた珍しい職業だ。一〇〇〇人に一人だ。しかし戦闘系スキルもある。どう育てるか上と相談してみないとな」

歯切れ悪い。城から追い出されるか?

これから戦いが待っている状況で役立たずになる可能性を考慮しているんだろうな。

その様子を見ていたチンピラ一之瀬が絡んで来た。

「おいおい錬金術師かよ。こりゃ途中で使い物になんねんじゃねぇの!? 俺らの足引っぱんなよ。伊織君よ」

周りのクラスメイトもニヤニヤしている。

「んっだと!? クズ之瀬! どうせ天野か秋山の下位互換なんだろ!?」

「あー!? クズはお前だ。伊織!」

一之瀬が胸ぐらを掴もうとするので手で叩き落とす。

「やめろ！　一ノ瀬！　伊織君だって好きで『錬金術師』になったんじゃないんだ。笑うのはおかしいだろう！」

「へいへい。天野～。光の勇者だからってリーダー面すんなよ。伊織、城から出て行けよ。途中でリタイアするぐらいなら最初からいないほうがマシなんだよ！」

一之瀬は言うだけ言うと取り巻きの連中と離れた。

ヤコフ団長も思うところがあるのか一之瀬を咎めない。

「伊織君、気にするな。みんなと一緒にがんばろう」

これは前途多難そうだ。オレは乾いた笑みを天野に向けた。

《異世界召喚　六日目》

「伊織君よぉ、俺らが特別に稽古を付けてやんよぉ」

「はぁ!?」

「弱っちーお前を鍛えてやるってんだよ！」

「おもしれぇ。その稽古とやらを付けてもらおうか？」

「てめぇ！　それが付けてもらうヤツの口の利き方か！」

「口の利き方だぁ？　お前は口の利き方を教えてくれんのか？」

「いい根性してんじゃねぇか。泣いて詫び入れんじゃねぇぞ!!」

と言うと一ノ瀬はいきなり剣を抜き斬りかかってきた。

オレは右に躱すとヤクザキックで突き飛ばす。

「どうした？　当たんねぇぞ。本気で来いよ」

「ふざけんな!!」

一之瀬は猛然と剣を振りかざしてきた。

オレは右や左とかわしその都度横腹にコブシを叩き込む。

「汚ねぇぞテメー！」

苦悶の顔で言う。

「汚い？　剣でやったら折れちまうだろ？　骨がよ。手加減してやってんだよ！　出来損ない！」

「なんだと！」

「錬金術師に一発も入れられない魔法剣士とか、出来損ないだろ！　ああ!?」

斬りかかってきたので右に回りこみ、背骨に肘を叩き落とすと地べたにそのまま倒れた。

倒れたヤツの横腹にキックを入れていると取り巻きの一人が騒ぎだした。

「よくもマサキをやりやがったな。燃え上がる炎よ。敵を撃て！　ファイア！」

オレは詠唱中に走り出し、かわしてアツシの眼前に飛び込む。

左手で髪を鷲掴みにすると、鼻が付かんばかりの距離でメンチをきる。

「コレって稽古だよなぁ。敵を撃てとかどういうことだ？　ああ!?」

口元が震えている。オレが恐えーのか。

「この距離で詠唱とかバカだろ。外れたら終わりだぞ？」

顔面を思い切り殴る。鼻血を垂らしぶっ跳んだ。

アツシがぶっ跳ぶと、残ったタケル、タカヤ、ユキオも襲いかかって来た。

総てをかわし懐に入り、鳩尾に一発入れる。

【瞬動】で距離をとり、中段蹴りで顔面を蹴り飛ばす。

周りのクラスメイトは唖然としているのか、恐怖で固まっているのか動かない中、天野が我に返ったのか止めに入った。

「もういい！　止めろ！　伊織君！」

あれ？　オレが怒られる？　正当防衛だぞ。

オレは身に降りかかる火の粉を払っただけなんだぜ。

《異世界召喚　一三日目》

この一週間ですっかりボッチになってしまった。

初日で飛ばしてしまったので天野以外にオレと模擬戦をする者いない。

天野と模擬戦をやった後は騎士と模擬戦をする。

天野や騎士と稽古を積むのでオレの技量も停滞することなく上がる。

自由時間は図書館で魔物について勉強する。

オレの戦闘スタイルは【縮地】と【神速】による前陣速攻だ。要は突撃だ。

飛び込む魔物に毒や溶解液がある場合、即死してしまう恐れがある。

その場合は風魔法や土魔法で遠距離からの攻撃となる。

そのため魔物の特性を頭にぶち込んでおかなければならない。

また薬草などの知識も頭に入れなければならない。

オレにはオートヒーリングしか回復の手段がない。

受けたダメージによっては回復が追いつかない場合がある。

そのためポーション類は常に持ち歩かねばならない。

幸い【錬金】スキルがあるので材料さえあれば自分で作れる。

というわけで勉強にも身が入る。ステータスプレートを見るのが楽しい。

夜になると【隠密】を使って城下町に飛び出した。

おかげで【夜目】と【遠目】のスキルがあがった。

はぁ～……溜息が増えたな。

いっそ城を出るか。図書館の窓から外をボーと見て思う。

ケモミミもエルフもまだ見ていない。この国には人種差別があるのだろうか。

◇◆

午後の訓練が終わった後、ヤコフ団長が大きな声で話し始めた。

「明日から実戦訓練として七日間、ベネレクッス大迷宮へ遠征に行く。必要なものはこちらで用意する。今日はゆっくり休め！　解散！」

それだけ言うとさっさと行ってしまった。

おい！　どうすんだよ！　パーティーとかどうすんだよ！

オレボッチだぞ。どうすんだよ！

おい！　どうすんだよ！　ソロじゃねぇだろうな！

おい!!

【第四話　イオリVSマサユキ　アッシ視点】

《Side　アッシ＝マエジマ》

晩餐会が終わると各自部屋を与えられ、専属のメイドさんか執事が一人付き、部屋に案内してくれた。

オレの専属になったメイドさんは二〇歳ぐらいで瞳は青く肌は白い。

ボーイシュな黒髪で唇が濡れているかのように艶々している。

後ろについているのだが、まるく突き出たお尻に目が奪われる。

やけにムラムラする。正直どこを通ったかわからない。

部屋は白を基調としながらも所々金を使った豪奢な作りで、金持ちご用達の天蓋付きベッドが置かれていた。

簡単な部屋の説明を受ける。風呂も水洗トイレも付いていた。

ちなみにウォシュレットは付いていなかった。

今着ている服を洗うのでお風呂に入るように言われ手引きされる。

風呂に入るのにメイドさんに脱がしてもらう。

ひとつひとつ脱がされ最後にパンツを下ろされた時、バネのようにチ〇ポが跳ね上がった。

見られた。ビンビンなチ〇ポを見られてさらに頭が加熱する。

風呂に入るように促され背中にお湯をかけていると一糸纏わぬメイドさんが入ってきた。

オレの目は彼女の淫靡な丘に生え茂る陰毛に釘付けになる。

「お背中流しますね」と優しく告げるとオッパイに泡を付けて背中を洗いだした。

柔らかい乳房が背中を上下する。彼女の乳首は上下に擦れ勃起し、否応無しにその存在をアピールする。

「はぁあ、はぁあ、はぁあ、勇者様～」

艶のある声が耳元で囁かれ、オレのチ〇ポはこれ以上ないぐらいギュウギュウに締まり硬くなる。

一回でも擦ったら精子が飛び出てしまう。

今すぐチ〇ポを握って上下に激しく擦りたい。逝きたい。出したい。放したい。

拷問だ。なんとかガマンする。

前を洗う番になり、向き合う首筋から胸板、お腹へと石鹸でヌルヌルした手が俺の身体を撫でるように流れると、乳輪に添って細い指が円を描く。乳首を軽く摘まれると気持ちいい。

男も乳首が気持ちいいと初めて知る。

彼女はチン毛を泡立たせると両手でチ〇ポも優しく撫でるように洗う。

ヤバイ。ダメだ！　出る！　出る出る出る出るーーー!!

「はぁーーーーーー！！！」

『びゅう、びゅう、びゅうう』

放たれた精子は彼女の顔と髪を汚しドロリと垂れ下がる。

「はぁ、はぁ、はぁ」

初めてオナニーしたときに匹敵する最高の射精だ。

彼女は口元にかかった精子を指ですくうと口に含み、舌で舐め取ると唇を舌で左から右へと濡らす。

「勇者様、私欲しくなってしまいました。お情けをください」

と上目づかいに朱がさした顔でお願いされた。

彼女はオレが答えないのは同意とみなし、左手を壁につき丸いお尻を突き出す。

彼女のマ〇コとケツの穴に眼を奪われる。

彼女の指が小陰唇を開くとピンクのヌルヌルした膣穴が見えた。

あそこにチ〇ポを入れる。マ〇コにチ〇ポを入れる。マ〇コにチ〇ポを出し入れする。

マ〇コにチ〇ポ。マ〇コにチ〇ポ。頭がクラクラする。

「さぁ、勇者様、早く私のマ〇コにチ〇ポをぶっ挿してくださいまし」

マ〇コにチ〇ポをぶっ挿す。マ〇コにチ〇ポをぶっ挿す。マ〇コにチ〇ポをぶっ挿す。

チ〇ポを彼女のマ〇コに添えるとズブズブと膣肉を押しやり、中へ中へとチ〇ポを挿入する。

「あっあああ!!　来た。マ〇コに勇者チ〇ポが種付けしようと入って来た〜」

これがマ〇コ!?　亀頭がヌルヌル気持ちいい。

「はぁ、はぁ、早く、チ〇ポの出し入れを、じゅぶじゅぶして、チ〇ポを動かして〜〜」

『パァン、パァン、パァン、パァン、パァン、パァン、パァン』

「来た〜、チ〇ポじゅぶじゅぶ来た！　はぁあああん、いい、いいい〜〜〜」

『パァン、パァン、パァン、パァン、パァン、パァン、パァン』

「おっほ、おっほ、うへぇ、おほほ、うへはほろろ〜」

「はぁ、はぁ、はぁ、はぁ」

うっ、苦、ダメだ！　もう、もう！

『パァンパァンパァンパァンパァンパァンパァンパァンパァンパァンパァン！』

「ひぃーーーー!!　イク！　イクイクイク！　逝くーーーーー!!」

『びゅう！　びゅう！　びゅううう!!』

「はぁ、はぁ、はぁ、はぁ」

スゲー気持ちいいーーー
「はぁ、はぁ、はぁ、はぁ〜、勇者様、気持ち良かったです〜〜〜」

この日、初めて女性を知った。

《異世界召喚　五日目》

午後の訓練のため訓練所に集まると、スマートフォンのような銀色の板が配られる。

騎士団長のヤコフが大声で説明を始めた。

「よし、全員貰ったな！　このプレートはステータスプレートと呼ばれている。文字通り自分のステータスを示してくれるものだ。身分証明書にもなっている。失くすなよ！　まず魔法陣が刻まれてるほうを表にしてくれ。その魔方陣に満遍なくツバを塗りたくってくれ。それで登録できる。それが終わったら裏返しにして側面のボタンを長押ししてくれ。そうすると今日の日付けと今の時刻が表示される。どうだ!?」

汚ねぇな。ツバかよ。

『ステータス』
名前：アツシ＝マエジマ（前島篤志）
種族：人間　年齢：16才　性別：男
職業：魔法剣士
レベル：1
体力：280／280
魔力：220／220
幸運：A
状態：良好
基本スキル：剣術Lv．1　加速Lv．1　火魔法Lv．1　生活魔法　回避Lv．1　防御Lv．1　土魔法Lv．1
レアスキル：鑑定Lv．1　遠目Lv．1　身体強化Lv．1　獲得経験値2倍　夜目Lv．1　金剛Lv．1　危険察知Lv．1　障壁Lv．1

スペシャルスキル：アイテムボックスＬｖ．１　詠唱破棄　状態異常無効　固定Ｌｖ．１
体力回復（大）
ユニークスキル：異世界言語
エクストラスキル：
称号：異世界人　勇者
加護：女神エステェニアの加護（中）
装備：鋼の剣　オーガの革服　オーガの革ズボン　オーガの革ブーツ
所持品：スマートフォン　ステータスプレート
所持金：

魔法剣士か。


「マサユキ？　お前、職業なんだった？　オレ、魔法剣士だわ」

「アツシ、オメエ〜もかよ。俺もタケルもタカヤも魔法剣士だ。ユキオ、お前は？」

「プリースト。僧侶だ。回復魔法とかあるぜ」

「おー、マジか！　ケガしても自分で治せるじゃん！」

「まーな！　あと氷魔法だ」

「それってレアスキルか？　オレなんて火、土だぜ」

「ユキオは俺達の回復役決定な」

「おー、いいぜ。任せろや」

勇者という称号があるせいか、魔法戦士や魔法剣士が多い。

魔法戦士や魔法剣士の上位職の魔法騎士のヤツまでいる。

ユキオのようなプリーストや魔法使いは少ない。

最後は伊織だ。やっと終わる。待つのもあきたぜ。

伊織がヤコフ団長にプレートを見せる。団長の困惑している。なんだ？

『錬金術師』とはまた珍しい職業だ。一〇〇〇人に一人だ。しかし戦闘系スキルもある。どう育てるか上と相談してみないとな」

そんな声が聞こえた。

おいおい、錬金術師かよ。

この先みんな戦場に立つってのに、一人安全な所で物作りかよ。

様子を見ていたマサユキが伊織に絡んでいった。

一人、安全なトコでのうのうとできる伊織が羨ましくもあり面白くないのだろう。

「おいおい錬金術師かよ。こりゃ途中で使い物になんねんじゃねぇの⁉　俺らの足引っぱんなよ。伊織君よ」

周りの連中もニヤニヤしている。思いは一緒か？

「んっだと⁉　クズ之瀬！　どうせ天野か秋山の下位互換なんだろ⁉」

「あー⁉　クズはお前だ。伊織！」

マサユキが伊織の胸ぐらを掴もうと手を伸ばすと手で叩き落とされた。

おうおう、ケンカか。地球じゃ、いざしらず異世界で職業補正かかってんだぜ。

魔法剣士に錬金術師が勝てるわけねぇだろ。バカなヤツ！

適当にマサユキが遊んだら割って入るか。死んじまったら不味いしな。

「やめろ！　一ノ瀬！　伊織君だって好きで『錬金術師』になったんじゃないんだ。笑うのはおかしいだろう！」

天野はわかってねぇな。ガス抜きなんだよ。皆、ソイツが妬ましいんだよ。

「へいへい。天野～。光の勇者だからってリーダー面すんなよ。伊織、城から出て行けよ。途中でリタイアするぐらいなら最初からいないほうがマシなんだよ！」

マサユキは拳を押さえ戻って来た。

止める者を振り切ってケンカとか、ただの悪者だしな。

ヤコフ団長も思うところがあるのかマサユキを咎めない。

思うトコはオレ達と一緒てか！

「伊織君、気にするな。みんなと一緒にがんばろう」

へいへい。伊織のせいで、誰かケガしても言えるかね。

《異世界召喚　六日目》

「伊織君よぉ、俺らが特別に稽古を付けてやんよぉ」

訓練初日、マサユキが動いた。伊織が使えないことを知らしめようというわけだ。

ついでに自分の強さをヤゴフ団長や騎士にアピールするための踏み台にする気だ。

オレは、マサユキのそんな狡いところが嫌いだ。

「はぁ!?」

「弱っちーお前を鍛えてやるってんだよ！」

「おもしれぇ。その稽古とやらを付けてもらおうか？」

「てめぇ！　それが付けてもらうヤツの口の利き方か！」

「口の利き方だぁ？　お前は口の利き方を教えてくれんのか？」

「いい根性してんじゃねぇか。泣いて詫びいれんじゃねぇぞ!!」

マサユキはいきなり剣を抜き斬りかかった。

伊織はスゲースピードで右にかわすとヤクザキックで突き跳ばす。

速い！　どうなってやがる？

「どうした？　当たんねぇぞ。本気で来いよ」

「ふざけんな!!」

舐められることを最も嫌うマサユキは顔を真っ赤に激昂する。

マサユキは猛然と剣を振りかざす。

伊織は右や左とかわし、横腹に拳を叩き込んでいく。

「汚ねぇぞテメー！」

マサユキは苦悶の顔で言う。

やべぇな。勝てそうにない。止めるか。

「汚い？　剣でやったら折れちまうだろ？　骨がよ。手加減してやってんだよ！　出来損ない！」

「なんだと！」

「錬金術師に一発も入れられない魔法剣士とか、出来損ないだろ！　ああ!?」

マサユキは猛然と斬りかかるが、伊織は右に回り込んで背骨に肘を叩き落とした。

マサユキは地べたにぶっ倒れた。

伊織はマサユキの横腹にキックを容赦なく入れる。

糞が！　勝敗はついただろうが！

「よくもマサキをやりやがったな。燃え上がる炎よ。敵を撃て！　ファイア！」

オレではヤツの動きを剣で捉えられないと踏んで魔法を放つことにした。

伊織は詠唱中のオレめがけて突進して来る。

しまった！

左手で髪を鷲掴みにされ鼻が付かんばかりの距離でメンチをきられる。

「コレって稽古だよなぁ。敵を撃てとかどういうことだ？　ああ!?」

本気だ！　コイツの眼は殺しに来ている。

オレは震えた。コイツはヤバイ。

「この距離で詠唱とかバカだろ。外れたら終わりだぞ？」

顔面を殴られ、ぶっ跳ぶ。

オレがぶっ跳ぶとタケル、タカヤ、ユキオも助っ人に入った。

地べたから鼻血を右手で擦り拭き立ち上がると、タケルもタカヤもユキオも腹に手を当てうずくまっている。

ヤロウ！

剣を構えると【身体強化】をかけ突撃する。

さっきとは違げぇぜ！

だが伊織は簡単にかわし、オレは顔面に中段蹴りを喰らいぶっ跳ぶ。

周りの連中はシーンと静まり返っている。

オレとマサユキは一対一で負け、タケル、タカヤ、ユキオは三対一で負けた。

侮蔑の目がオレ達に集まる。

「もういい！　止めろ！　伊織君！」

我に返った天野が止めに入った。

糞！　こんなハズはねぇ！

何かインチキしてやがるんだ。
クソッタレが――――！！！

【第五話　ベネレクッス大迷宮《Side　カズマ＝イオリ》】

【ベネレクッス大迷宮】

全階層が一〇〇あるとされる大迷宮でネテシア王国の大事な財政源の一つになっている。

階層が深くなるにつれ強力な魔物が出現する。

この迷宮は冒険者や傭兵、新兵の訓練に非常に人気がある。

それは階層ごとに綺麗にレベル分けされた魔物が出現するためである。

ゆえに自分の強さ《レベル》と相談して潜ることができる。

また長年の攻略である程度の階層の魔物の倒し方などが本になって販売されている。

それに伴う道具も迷宮入口で売っているのである。

出現する魔物は地上の魔物より上質な魔石をドロップし、運が良ければ貴重なアイテムがゲットできる。

過去には、妖精の剣、転移のスクロール、若返りの薬、エリクサーなど大金で貴族に買い取られた品もあり人気の理由にもなっている。

魔石は強力な魔物ほど良質で大きな物が獲れる。

魔石は日常生活用の魔法具などの原動力として使われるため大変需要の高い品なのである。

また、スクロールの作製にも必要で、一時的な魔法の使用のためのスクロールから魔法の習得ができるスクロールと用途が広くここでも良質な魔石が求められるのである。

王都のネテスより馬車で一日。
やっとベネレクックス大迷宮のあるテネトスの街に着いた。
ケツが痛い。
アスファルトの道路を考案した天才だな。
宿は『安楽亭』という名前で冒険者も良く使う王国直営の宿屋である。
なんとこの宿、国営にもかかわらず料金控えめで風呂にも入れる人気店だ。
国が住所不定の冒険者から金を徴収するシステムを作ったのだ。
風呂という癒しを理解した頭の切れる守銭奴がこの国に存在する。侮れない。
風呂にはスケベ椅子もあった。侮れない。
宿泊は二人部屋に二人ずつ割り振られた。
高橋賢志がズル休みして召喚されていないため、オレは二人部屋に一人となった。
気楽でいいが釈然としない。別にオレでなくてもいいだろ？
明日から迷宮に挑戦する。今回の遠征目標階数は二〇階だ。
一〇階ごとにフロアボスが現れるらしい。
結局、オレは天野のチームに入ることになった。
引き取り手のないオレを天野が誘ってくれたのだ。
ありがとう天野。
お礼は串焼きでいいか？

《異世界召喚　一五日目》

現在、オレ達はベネレクッス大迷宮の正面入口で整列している。

食べ物屋、道具屋、武器屋などの屋台が端に軒を並べる大通りに六×五列で並んでヤコフ団長の指示を待っている。

チーム天野はヤコフ団長から見て一番右側に並んでいる。

どうやら五十音順らしい。天野の入れ知恵か。

〈チーム天野〉
アキト＝アマノ（天野明人）　魔法剣士　光の勇者　全属性魔法＋雷・氷・光魔法＋回復魔法
コウタ＝アキヤマ（秋山好太）　賢者　全属性魔法＋回復魔法
エミ＝スガワラ（菅原笑美）　魔法使い　全属性魔法＋回復魔法
サトシ＝オカノ（岡野聡志）　魔法剣士　火・風・雷魔法
ナナカ＝ヒメノ（姫野奈菜花）　魔法剣士　風・氷魔法＋回復魔法
カズマ＝イオリ（伊織数馬）　錬金術師　風・土魔法

これから命を賭けた戦いをするというのに、動物園の入場ゲート前で並ぶ中学生のようで緊張感はない。

数の力ってすごいよな。

「よし！　天野のパーティーから順番に二〇分ごとに迷宮に入る」

ヤコフ団長は俺達に付くようだ。

ヤコフ団長を先頭に受付窓口でステータスプレートを提示する。

受付のお姉さんは笑顔でステータスプレートを預かり登録している。

出入りを記録することで未帰還者を正確に把握するためだろう。

入場ゲート脇にはポーション類、干し肉、ビスケット、階層地図も売っている。

スーパーのレジ脇を思い出させる。

ヤコフ団長のすぐ後を天野が、最後尾にはオレがついて迷宮に入る。

迷宮の中は縦四メートル横五メートル以上ある通路で天井にへばり付いた丸い照明が五メートル間隔に照らす。

夜の街灯の下を歩いているような感じだ。

何事もなく進んでいくとドーム状の広間に出た。

天井は倍の八メートルはあるな。

周りを確認しているとヤコフ団長の指示がとんだ。

「よし、アキトとエミ、前に出ろ。アキトが前衛でエミが後衛だ。他は下がれ！　交代で前に出てもらうからな。準備をしておけ！　ゴブリンだ」

緑色の肌をした身長一メートルほどで醜い顔をした魔物が現れた。

数は二。棍棒を持っている。緑色した人型種だが同じ人間とは思えない。


犬や猫はどうだろう。

大きさ、顔、色も形が違えども犬は犬を理解し猫は猫を理解する。

ＴＶに映るライオンの子を食い入るように見る猫は、ライオンが同類と理解しているようだ。

何がこいつらと違うのだ。醜いといえ格好は石器時代の人なのに。

「ザコだ。落ち着いていけ！」

天野は一撃で切り倒しエミはファイアで難なく仕留める。

人型の魔物だが天野もエミも罪悪感はないようだ。

斬り倒されたゴブリンはチ〇ポが丸見えだ。五センチか？　毛はなくパイパンだ。

ズル剥けしているから大人か。

まさか皮むきの儀式とかあったりしないよな。

いや、そもそもダンジョンモンスターで子供はありえないか。

チ〇ポをさらすゴブリンを見て女共が、どんな反応しているか覗き見るもテレたり恥ずかしがっていたり、ましては興奮して顔を赤くすることもなく淡々としている。

ゴブリンとはいえチ〇ポに興味があるようなら性的に興味があると判断できるしナンパも可能と思ったんだがゼロ反応。

もう案内執事に喰われちゃったクチか。

『やだ〜、ちっちゃい』とか鉄面皮で思っているのかもしれない。

大人チ〇ポを知ったら子供チ〇ポは興味ないよな。

まさか、このパーティーで童貞、未経験者は俺だけか？

俺に宛がわれたメイドは男の娘だった。

後ろから抱きしめ胸を触ると絶壁。身長が低いのでキスは後回しにしてマ〇コに手を伸ばすと異物がある。

この形、この感触。

怖気が走り飛び退く。

そんな俺に彼は涙ながらに理由を話してくれた。

王家からの命令で双子の姉を勇者付きのメイドにすることになったが、おたふく風邪で寝込んでいる。

おたふく風邪は回復魔法やポーションで一時的に治るが再発する。

『一度は経験することなのでこの期にしておこう』となったが、名誉なことなので家はメイドの話を断ろうとせず代役を立てた。

『一時的なことだから治る間だけ代わりにメイドをしろ』と親に言われ泣く泣く引き受けたと話す。

貴族社会の軋轢かよ。チクれば、彼の家にお咎めがある。

最悪お取り潰しだ。仕方なしとみて本来のメイドだけの仕事をしてもらった。

そのうち来るだろう。と思っている内にベネレクッス大迷宮に出発である。


死んだゴブリンは床にズブズブと吸収され消えた。

小さな魔石が二つ床に残された。

天野は刀身が薄らと光る両手剣を鞘に収める。

宝物庫から持ち出した聖剣『ジョワユーズ』だ。

光属性が付与されており、身体能力を自動で底上げしてくれるらしい。

「よくやった」

自然と皆、頬が緩む。

その後、オレ達は交代で戦闘を繰り返し下へ下へと階を降りる。

一〇階のフロアボスはオークだった。

レベルは21、体力2000、魔力280、槍術がレベル4。

豚というより猪だ。これがオークステーキの正体か。

六人がかりで難なく撃破。魔石の他に鉄のヤリがドロップされた。

魔物も下の階に降りるごとに強くなるが天野達五人はチートで、危なげなく二〇階層にたどり着いてしまった。

現在の迷宮最高到達は八七階らしい。一〇〇年以上前の冒険者が出した記録だ。

今では五〇階越えれば一流、三〇階を越えれば一人前、二〇階をクリアできてルーキーと認められるらしい。

迷宮で忘れてはいけないのがトラップの存在で致死性のトラップも数多くある。

この点、シーフもいないのにドンドン進めるのは、迷宮前の屋台で各階層の地図が売られているからだ。

地図にはご丁寧にトラップ位置まで記入されている。

ヤゴフ団長の指示で避けて進めるのだ。

「今日はこの二〇層で終わりにする！　ここから先の魔物は連携を取って襲ってくる。今までとは勝手が違う。くれぐれも油断をするな！」

迷宮の各階層は数キロ四方に及び全てを探索しマッピングする。

本来ならマッピングに一ヶ月はかかるらしい。

しかし迷宮前の屋台で各階層の地図が購入できてしまう。

ついでにステータスプレートのオートマッピングで購入した地図と照らし合わせて進むことが可能だ。

二〇階の一番奥の部屋がフロアボスの部屋だ。

フロアボスを倒さないと下の階には行けない。

このフロアボスはゴブリンロード、ゴブリンソルジャー、ゴブリンファイター二体、ゴブリンプリースト、ゴブリンメイジからなるパーティーだ。

ゴブリンロードとゴブリンソルジャーが前衛で後衛のゴブリンプリーストとゴブリンメイジを守るように中衛にゴブリンファイターが付く。

天野が指示を出す。

「ゴブリンロードは俺が、サトシはソルジャー、伊織君と姫野さんはファイター、エミと秋山君はプリーストとメイジを魔法攻撃と補助を。じゃー開けるぞ！」

中に入ると、すでにゴブリンロード以下勢揃いでお待ちかねだ。

ドア越しの不意打ちを狙えば先手を取れるのに、正々堂々主義か？

紳士だな。お前達。

鑑定する。

ゴブリンロードがレベル３０、体力３０２０、魔力１２８０か、天野のほうが上だ。

ゴブリンソルジャーは、レベルが２４、体力が１７２０、魔力が４１０か。

これも岡野のほうが上だ。問題なく倒せるな。

ゴブリンロードには天野が、ゴブリンソルジャーには岡野が対峙する。

オレは鋼の剣を抜く。

姫野はオレがゴブリンファイターと戦っている間にプリーストを始末することになっている。

オレは足止めだ。

エミのファイヤーボールが轟音とともにゴブリンファイターAを吹き飛ばす。

オレは轟音とともに走り出す。【神速】をいかして猛接近し首を切り飛ばす。

姫野がトロトロしているので、【縮地】で近づきプリーストの首を飛ばす。

弱えー。

姫野はメイジに狙いを変え袈裟切りにしたようだ。

天野も岡野も終わったようだ。

一分もかからない。皆、一太刀で切り伏せたようだ。

当初、移動に二日、【ベネレクッス大迷宮】での実地訓練に五日。

目標二〇階だったが易々クリアしてしまった。

倒すと壁の一部が消え下へ続く階段が現れた。

また同時に緑色に輝く魔法陣も現れる。一階への帰還テレポーターか。

「よし上出来だ！　まだ余裕があるかもしれんが一階に戻る！　他の連中の進捗状況もわからんしな」

天野や岡野、姫野さんやエミは下に降りたそうだが、先にヤゴフ団長に釘を刺されシブシブの様子だ。秋山は戻ることにもとより賛成のようだ。

オレも戻るのに賛成だ。なんだかんだで、けっこう歩いた。

飯もそうだが腹八分目で止めるのが調度いい。

深追いはファンタジー小説で、思わぬ強敵に出会い苦戦、敗北が定番だ。

小説を読んでいる分にはいいが、実際やるとなると別だ。ケガなどしたくもない。

テレポーターに入ると緑色の光が輝き一瞬で一階の小部屋に着いた。

ここは魔物が出ない。後続待ちか。

「やれやれ、一休みか」

オレはその場でマントを背に横になる。

「ちょっと！　みっともないから止めて」

「断る」

「……！」

オレは姫野の咎める顔を無視して横になり目を閉じる。

「休ませてやれ。ここは魔物も出ない。横になってもかまわん」

とヤゴフ団長が言う。

「…………」

ポーションを作らなきゃな。外に出たら屋台を物色するか。

《Side　コウタ＝アキヤマ》

二〇階のゴブリンロードを倒すとテレポーターで一階に戻って来た。

実地訓練自体は問題ない。しいて言えば二〇階のフロアボス戦で僕だけ一匹も倒せなかったことぐらいだ。

あと伊織君が強いことだ。伊織君を鑑定するとたしかに錬金術師だ。しかし速い。

サトシと姫野さんより動きが速いのだ。それこそ天野君に匹敵する。

スキルのラインナップを見ると彼には失礼だが僕の下位互換だ。

事実、僕と彼の体力と魔力の伸びはほぼ変わらず数値も近い。

僕が魔法に長けた分、彼は身体能力に長けたのだろう。

【縮地】はダッシュ力で【瞬動】の上位スキルだ。

長距離ダッシュとか有り得ない。

【加速】か【加速】の上位スキルを持ち隠蔽している可能性がある。

そうでなければあの動きはできない。

《Side　騎士団長ヤコフ＝バークレ》

一日目で目標に到達しフロアボスを倒してしまった。

アマノをはじめ、サトシ、コウタ、エミ、ナナカと上位者でできたパーティーであるが、アドバイスをする必要もなく簡単に魔物を倒してしまう。

これが勇者という者なのか。嬉しい誤算もあった。カズマだ。

錬金術師という非戦闘職の中でも稀な錬金術師で個人の性格もあり仲間から孤立した。

どのパーティーにも入ることができない彼をアマノが引き受けたのだが、魔法剣士のサトシやナナカを超える素早さで一刀打のもと首を切り飛ばす。

一撃必殺なのだ。コウタによればスキルに【剣術】、【回避】、【縮地】があるとのこと。

充分剣士として一流を狙える。職業が錬金術師なのは集団活動に向かない性格が反映しているものと思われる。

軍人には向かないが冒険者としてなら大成するやもしれない。

◇
◆

《Side　カズマ＝イオリ》

地上に戻って来た。

ふぅ〜。

自然と安堵する。やっぱ人は地下には向かない。太陽の下が一番だ。

「よし！　お前ら良くやった。まだ戻ってないパーティーがあるが、今日の訓練は終わりとする。宿に戻って身体を休めるように。解散」

ヤゴフ団長は入口で他のパーティーが戻ってくるのを待つらしい。

「伊織君、一緒に帰らないか？」

天野から声をかけてきた。

「すまん天野。ポーションの相場を見てから帰るわ。オレ、錬金術師だろ、ポーションの販売とか興味あるんだ」

「わかった。じゃあ、あまり遅くならないようにな。みんな行くぞ！」

天野パーティーは宿に向かって歩き出した。

すまん天野、気を使ってもらって。

オレは迷宮からの掘り出し物はないか探すため、迷宮入口でゴザをひき品物を並べただけの店を見てまわることにした。

何軒かまわるがガラクタを扱っている店から武器専門、防具専門、回復薬専門と、どこぞの店の出張店と思われる店もある。

そんな中、ガラクタ然とした物を並べた一軒の店で、黒い所々に錆が浮いたロッドに目が止まった。

これは!? 一本の杖に蛇が絡みつくようなつくり、アスクレピオスの杖じゃないのか?

アスクレピオスの杖とは、太陽神アポロンの息子でギリシャの医術神アスクレピオスの持つ杖のことだ。

一匹の蛇が絡みついた杖であり、蛇は脱皮を繰り返すという点から若さと再生を象徴する。

これは回復と再生の杖かもしれない。鑑定。

名称：アスクレピオスの杖
製作者：ヘーパイストス
材質：不明
能力：不明
レア度：不明
状態：劣悪
詳細：魔力枯渇に伴う劣化

【鑑定】レベル3じゃわかんないか。ただ製作者がギリシャ神話の鍛冶神と同じ名前だ。

いくらだろう。値札がないな。面倒くさい。

オレはその蛇杖を持ち上下に振ってみた。

「打撃用？」

と首をかしげる。

「ちげぇよ。祭儀用の杖だ。アルファトス神殿からの払下げ品さ」

「祭儀用か。金属製コップある？　生活魔法のドリンクで水を飲むとき不便でさ」

オレはそういうと蛇杖を置いた。無精髭の四〇過ぎの親父は客と見たのか、麻袋からコップをいくつか出して並べる。

その中に黒く錆が浮いた杯に蛇が絡みついたコップがある。

鑑定。

名称：ヒュギエイアの杯
製作者：ヘーパイストス
材質：不明
能力：不明
レア度：不明
状態：劣悪
詳細：魔力枯渇に伴う劣化

ヒュギエイアの杯とは、ギリシャ神話の医術神アスクレピオスの娘のヒュギエイアが持っていた杯だ。

ヒュギエイアの杯は薬学の象徴とされる。

これはポーションとか作るのに最適な道具じゃないだろうか？

「同じのがあるじゃん。他にもあるの？」

親父は羽根がついた杖に二匹の蛇が絡みついた物を麻袋から取り出した。

鑑定。

名称：ケーリュケイオン
製作者：ヘーパイストス
材質：不明
能力：不明
レア度：不明
状態：劣悪
詳細：魔力枯渇に伴う劣化

ケーリュケイオンとは、ギリシャ神話の伝令の神ヘルメスが持つ杖だ。

触れるだけで誰でも眠らせる力がある。見た感じ今は無理そうだ。

オレはケーリュケイオンを取りしげしげと見る。

「これをくれ。いくらだ？」

「一万ネラだ」

「おいおい、錆が浮いていて祭儀用だろう。一〇〇〇ネラだろ」

「一〇〇〇ネラじゃー飯食って終わりじゃねーか。八〇〇〇」

「親父、錆がなくてもその値段はないよ。二〇〇〇だ。これでエール飲めるだろう」

「エール一杯かよ。六〇〇〇でどうよ。そっちの蛇一匹の杖つけるぞ」

「あとそこの鉄コップもつけて四〇〇〇でどう？」

「おいおい、冗談だろ⁉　じゃあ、そこの蛇コップつけて五〇〇〇」

オレはあごに手をやり考えるそぶりをする。

ヤゴフ団長から聞いたかぎり、鉄の剣は店で買うと一万ネラ、買取りは、たしか二〇〇〇。

錆び鉄剣は一〇〇ネラだ。鉄コップはいくらだ？

アスクレピオスの杖とヒュギエイアの杯、ケーリュケイオンはおそらくひとつ一〇〇ネラで神殿は払下げているだろう。

鉄コップ一つ四七〇〇はボッタクリだ。おそらく鉄コップは道具屋で二〇〇〇ぐらい。

これからすると売値は高くて一〇〇〇か一五〇〇。原価は五〇〇〜一〇〇〇ぐらいか？

三七〇〇〜四二〇〇ネラ儲ける気か。

「……四八〇〇」

三五〇〇の利益でどうよ？

「ちぃ、わかった。四八〇〇だ。負けてやんよ」

と渋顔だ。

内心は笑っているんだろう？

オレは大銅貨一枚を渡し銅貨二枚を受け取るとアスクレピオスの杖、ヒュギエイアの杯、ケーリュケイオン、鉄コップをアイテムボックスにしまった。

ふふ、良い買い物できた。親父もオレも良い取引ができてＷｉｎＷｉｎだ。

本当のこと知ったら大変だけどな。

【第六話　ベネレックス大迷宮　マサユキVS倍オーク】

《Side　アッシ＝マエジマ》

マサユキの挑発から始まった伊織との模擬戦は、仕かけたマサユキが右腕と右肋骨を骨折、全身打撲。

タケル、タカヤ、ユキオも肋骨を骨折していた。

オレは鼻が折れただけで軽症だった。

天野が止めてくれなければ四人はヤバイとこだった。

翌日は、回復魔法で治っていたが訓練は見学にさせてもらった。

伊織のヤツは天野との模擬戦も全く劣ることもなく互角に渡り合う。

その後の騎士との模擬戦では、伊織の攻撃は騎士に届かないが、逆に騎士の攻撃も当たらない。

どちらも攻めあぐねる戦いを繰りひろげていた。

ヤツの動きの速さに閉口する。

オカシイ。あれはオカシイ。錬金術師はウソだ。

天野が一番強い。二番目は伊織だ。その差は僅差。

他のヤツとは段違いの動きを見せる。二人だけが突出している。

天野は光の勇者だ。まぁ～わかる。オレ達と格が違うのだろう。

アイツはなんんなんだ？　スピードマスターがほんとの称号なんだろ？

それからオレら五人はクラスの連中に見下され、貴族や騎士に舐められる中、黙々と訓練に励んだ。

「行くぞ」

オレ達に付いてくれる騎士ポールが号令をかける。

受付を済ますと一階層に入った。天井の照明で暗くはない。

オレ達のパーティーはユキオがプリースト、残りのオレらは魔法剣士だ。

勇者とは魔法も剣もできる者で勇者を勇者以外で表すと魔法剣士、魔法戦士、魔法騎士だ。

剣術に特化すると魔法剣士になる。

魔法騎士は魔法剣士、魔法戦士の上級職にあたるが、【突撃】、【盾術】、【槍術】があるかないかしか違いがない。

スキルに生産系のスキルがあっても最適職が魔法剣士になる場合がある。

勇者の称号に引っ張られているのだろう。

オレは攻撃魔法と剣しかできねぇ。

腐ってても仕方がねぇ。今あるスキルを磨くだけだ。

◇
◆

出てくるゴブリンやハンターウルフ、コボルト、キャタピラーを倒し、順調に一〇階フロアボスの部屋にたどり着いた。

前情報でここのフロアボスはオークだ。

オークというと、人の身体にブタの頭をしたバケモノをイメージするが、聞けば猪頭らしい。

伊織のこともあったので、舐めてかかって痛い目をみるのはなしだ。

戦闘前に鑑定だ。隠し技があるかもしれねぇしな。

倍オーク!?

レベルは23、体力2600、魔力360、剣術がレベル3、魔眼レベル1。

『備考：倒すとスキルが付くことがある』………。

「マサユキ、鑑定できたか？」

ポールさんがマサユキに聞く。

ポールさんは鑑定スキルを持っていない。

「倍オーク。レベルは23、体力2600、魔力360、剣術、加速、回避、瞬動、盾術、気配遮断、気配察知がレベル3。豪打、剛力がレベル4、魔眼、倍アタックがレベル2、あと倒すとスキルが付くことがあるそうです」

「なんだ!?　レアモンスターか!?　君達どうする？　君達が戦うのであれば私も戦う。これは滅多にないチャンスだ！」

口では言うが、ポールさんは戦う気満々だ。

たしかにいくらレベル上の魔物でも六人いればいけそうだ。

ぶっちゃけ、オレも新しいスキルが欲しい。

他のヤツはどうよ？

皆も殺る気があるようだ。

「マサユキ、殺ろうぜ！　六対一だ。油断すんなよ」

「うっせぇな！　わかってら！　お前こそ気合入れろよ！」

「おっしゃー！　殺るか！」

ヤツのスキルは高速アタック系。足を止める必要がある。
四人で四方を囲み攻撃、ユキオは後方で回復と補助魔法を担当する。
残り一人が回復時の入れ替え要員かつユキオの護衛だ。
簡単な打ち合わせが終わり、ポールさんがユキオの護衛についた。
オレ達四人は倍オークに向かって【加速】を生かして走り出した。
倍オークも走り出す。真正面はマサユキ、オレは左が担当だ。
ヤツの一太刀に合わせてマサユキが剣を振る。
さーどうするよ！　猪野郎。
倍オークは避けることなく力まかせに打ち下ろしてきた。
マサユキは両手で構えた剣で受け止めるが、あまりの打撃で顔が苦痛に歪む。
「この野郎ーーー!!」
タカヤが右から倍オークの肩に斬りかかる。
倍オークはその一太刀をすぐさま反応してかわす。
「もらったーーー!!」
今度はタケルが背中を斬りつける。
オレはタケルに合わせ同時攻撃を仕かける。
「グウォォ～～！」
タケルの一撃をかわしたものの、オレの攻撃が当たり悲鳴をあげる。
よし！　いける。
オレらはマサユキをメインに、左右後ろから代わる代わる攻撃を与える。
「悪り！　抜ける！」

マサユキは回復のためユキオへ向かった。代わってオレが正面で対峙する。

何度も斬り合うが決定打が入らない。

クソ！　疲れた。交代だ！

オレはポールさんとスイッチすると後方のユキオに向かう。

回復魔法をかけてもらうためだ。

作戦はうまく機能し確実に倍オークの体力を削っている。

皆、代わる代わる後方に下がりユキオに回復してもらっている。

残り体力も８００を切った。

よし！　あと一息！

そう思った時、倍オークの身体が青白い炎に包まれた。

何かヤバイ！

マサユキはとっさに石壁を作りバックステップ。

「バッシゥーーーー!!」

「ぐぅあああああぁぁぁ〜〜〜〜！！！」

「「「マサユキ!!」」」

大量の血飛沫が上がる。

マサユキが斬られた！

倒れたマサユキは力を振り絞り離脱するべく転げ回る。

「やりやがったな!!」

そう叫ぶとオレは猪頭に向かって飛び込んでいた。

「ユキオ！　早くマサユキを！」

タカヤが叫ぶ。

「マサユキ!!　しっかりしろ！　この者の傷を治せ。ハイヒール！　クソ！　もう一回。この者の傷を治せ。ハイヒール！　おい！　マサユキ！　マサユキ！」

「ユキオ！　ポーションを有りったけかけろ！　早く！」

「ポールさん!!」

「かけたらマジックポーションを飲んでもう一度だ！」

「はい!!」

「タケル！　オレと前に立て！　右タカヤ！　左ポールさん！　同時に行くぞ！」

「「オゥーー!!」」

眼の前で振るうオレとタケルの剣に剣でなんとか受け止め弾く倍オーク。

左右からタカヤとポールさんに切りつけられ、段々と腕の振りが弱る。

タケルの剣を弾くと身体の中心が空いた。

「うりゃあぁぁぁーーー!!」

みぞおち目がけて身体ごと突進、剣はヤツの身体を突き刺し貫通した。

「グウォオオーーーーー！！！」

断末魔の叫びをあげる。

クソタレ！　ざまー見ろ！

《side　ヤゴフ＝バークレ》

ポールのヤツが戻って来た。予定では最後に迷宮に入ったはずだ。

見れば槍とマントで作られたタンカで負傷者を運んでいる。

ポールのヤツ!!　何しでかした！

「団長、一〇階フロアボス戦においてマサユキ殿が重傷を負いました」

「なんだと!!　一〇階でか！　何があった！」

「一〇階のフロアボスに倍オークというレアモンスターが現れました。レベルは23、体力2600、魔力360、剣術がレベル3、魔眼レベル1でした。あと……」

「バカが!!　なぜすぐに離脱しない！」

「……鑑定の結果、『倒すとスキルが付くことがある』とわかり戦うことで一致し、私も参戦いたしました」

「バカが！　欲に目が眩みおって!!　ガイドを熟読してなかったのか!!」

くそ！　計画が台無しなるところだ。

「申し訳ございません」

貴様がリトランケ伯の息子でなければぶん殴ってやるのに！

「ポール！　お前はヤツらを宿まで送れ！　マサユキのことは俺から言う。それまで誰にも言うな！」

「は、はい」

まったく、面倒かけさせやがって！

《異世界召喚　一七日目　Side　アツシ＝マエジマ》

その後、オレ達はバラバラに他のパーティーに編入された。

オレは今日の攻略が終わり一足早く地上に戻ってきていた。

倍オークに斬られてからマサユキは意識を取り戻すことなく眠っている。

椅子に座りマサユキを見詰めているとゆっくり眼を開ける。

「よう、気分はどうよ」

「最悪だ」

「だよな。お前、二日寝込んでいたんだぜ。生きてて良かったな」

「なんだよそれ」

「お前が斬られた後、一人で踏ん張って倒したんだぜ」

「……そうか。タカヤとタケルとユキオは？」

「それぞれ別々のパーティーに編入されてよ。オレ以外はまだ迷宮に行っている」

「すまねぇ、面倒かけたな」

「いいって。みんなの合意で格上の魔物に挑んだんだ。お前じゃなくオレが斬られていたかもしれねぇ」

「………」

「マサユキ。オレら、ずっと戦うのか」

「戦うことを強制されているんだ。戦うしかねぇ。戦えない道具は捨てられる」

「マサユキ……」

「戦うのが嫌なら、命令されるのが嫌なら、逃げ出すしかねぇ」

マサユキは天井を見つめ呟く。

「腹が減った。悪り、何か食べもんをくれ」

「わかった。持って来てやる」

オレは席を立ち、ドアへ向かう。

「魔王か。本当にいるのか……」

マサユキの呟きが聞こえた。

オレは黙って廊下に出ると後ろ手にドアを閉める。

マサユキ。

魔王がいようがいまいが、どうでもいい。

お前らと楽しく過ごせれば、オレはそれでいい。

お前が城を出るってんなら、みんなで出ていこうぜ。

《Ｓｉｄｅ　コウタ＝アキヤマ　異世界召喚一七日目》

一之瀬が重傷で一昨日、宿に運び込まれた後ヤゴフ団長から厳令が下された。

曰く、迷宮は訓練所とは違う。気の緩みは命にかかわる。

曰く、付き添いの騎士の指示に従うこと。命令違反は処罰されること。

曰く、就寝は二一時としそれ以降は集まってはならないこと。

戦うことが義務で命令は絶対である。

ケガが怖くなって戦いから離脱することは命令違反となり処罰の対象となる。

夕方一八時から一九時が夕食、一九時から明日の迷宮攻略の説明がありその後に風呂の時間になる。

クラスメイトだけで集まる時間がない。実質、集会の禁止だ。

マズイ、共産主義か。

天野君は、ソフィア殿下が好きではないようだし、チクる人ではないから話をしても大丈夫だろう。

エミとサトシと姫野さんは、天野君に追随するだろうから天野君しだいだ。

他のパーティーは、話をする以前に接触が難しくなってしまった。

ダメもとで伊織君にも話すか？

あれほどの技量を見せる彼には無理な相談だろうか。

伊織君は今日を含め三日間、マーケットを回り物品を購入している。

もしかしたら城から出て行く準備しているのかもしれない。

彼に自分の考えを話そう。

城に戻れば何が待ち受けているかわからない。

城に戻る前に、どうにか同じ考えの者を見つけ脱出を計りたい。

仲間は一人でも多く欲しいが、チャンスを優先しよう。

チャンスの時までに集った仲間で脱出するしかない。

【 第七話　ベネレックス大迷宮　イオリVSオーガキング 】

《異世界召喚一九日目》

「昨日、マサユキを除く三〇名が二〇階層までの攻略を完了した。マサユキも今日から迷宮攻略に参加する。昨日までパーティーごとに迷宮の攻略をしていたが、今日と明日は三〇人で行動する。戦闘は昨日までのパーティーごとに順番を入れ替え四〇階層を目指す。マサユキはコウタのパーティーに入れ！　順番はヒロトのパーティーからだ！」

ヤゴフ団長の号令のもと迷宮攻略が始まった。

いまのパーティーの分け方は六人五パーティー。

一之瀬が入り僕達のパーティーは七人になった。

○アキトパーティー
天野明人（Lv．43　光の勇者）岡野聡志（Lv．39　魔法剣士）
菅原笑美（Lv．39　魔法使い）姫野奈菜花（Lv．39　魔法剣士）
綾瀬美優（Lv．37　プリーステス）鍵和田猛（Lv．38　魔法剣士）
○ヒロトパーティー
藤井広人（Lv．37　魔法騎士）斎藤翔平（Lv．38　魔法戦士）
前島篤志（Lv．37　魔法剣士）若林美樹（Lv．38　魔法剣士）
綱島遥（Lv．37　プリーステス）二宮静香（Lv．37　魔法剣士）
○コウタパーティー
秋山好太（Lv．40　賢者）伊織数馬（Lv．41　錬金術師）
一之瀬雅之（Lv．23　魔法剣士）白河麗香（Lv．38　結界士）
篠原レミ（Lv．39　魔法剣士）山中恵美（Lv．39　魔法剣士）
吉野真理（Lv．39　魔法使い）
○委員長パーティー
雨宮優衣（Lv．37　魔法騎士）和歌山千夏（Lv．39　魔法剣士）
柏木舞（Lv．35　忍者）佐藤幸雄（Lv．40　プリースト）
久保祐樹（Lv．37　魔法騎士）清田博幸（Lv．35　忍者）
○レイジパーティー
山田礼司（Lv．40　魔法戦士）大垣連（Lv．36　魔法騎士）
上杉隆也（Lv．38　魔法剣士）白鳥美雪（Lv．38　魔法剣士）

渋谷凛（Ｌｖ．３９魔法使い）鳴門晴美（Ｌｖ．３７プリーステス）

一之瀬が重傷で担ぎこまれた後、パーティーの入れ替えがあった。

僕と伊織君、お嬢様の白河《しらかわ》さん、篠原《しのはら》さん、山中《やまなか》さん、吉野《よしの》さんでパーティーを組んだ。

このパーティーのリーダーは僕となっている。

最初こそ高飛車な態度の白河さんを中心とした元パーティーだったが、伊織君の威圧と実力に逆らえなくなり大人しくなった。

戦いは伊織君がメインで僕や白河さん達は補助と回復、牽制が主な仕事と化している。

僕は伊織君に予てから脱出の話をすると、伊織君は伊織君で脱出計画を立てていて、その計画に乗ることにした。

同じパーティーの白河さん達にも声をかけ、彼女達も一緒に脱出することになった。

そこに一之瀬が加わったのだ。

「よう一之瀬。ちっとは身の丈をわきまえてきたか？」

その話し方はないだろ。

「だとー！　テメー！」

「よせ！　伊織君、それはないだろう。一之瀬は生死をさ迷っていたんだぞ。他に言うことがあるだろう」

僕は伊織君をいさめる。

「わかったよ。……ふ～～ん、いいスキル付いたじゃねぇか。死の淵から蘇ってパワーアップか。サ〇ヤ人か？」

「伊織君！」

隣で控えている委員長の雨宮《あまみや》さんが咎める。

「へいへい。よろしくなぁ」

◇◆

順調に進み今は三〇階層のフロアボスの部屋の前だ。

ここのフロアボスはオーガキングだ。

「おーし止まれ！　ここは二つのパーティーで入るぞ。最初にアマミヤ、コウタのパーティー。次にアマノ、ヒロトのパーティー。三番目にレイジのパーティーと第一分隊と俺！　最後の副隊長ケインと第二分隊だ！」

一回のアタック定員は決まっており、ここ三〇階フロアボスは一五名までだ。

委員長と僕のパーティーで一三名、護衛騎士が二名となる。

観音開きの扉を開け中に入る。

玉座に座っていた人影が立ち上がる。三メートルはある。

鑑定。

『ステータス』
種族：魔物　オーガキング　年齢：０才　性別：♂
ランク：Ａ
レベル：６６
体力：７２５０／７２５０
魔力：３１２０／３１２０

幸運：Ｂ＋＋
状態：良好
基本スキル：棍術Ｌｖ．７　加速Ｌｖ．６　剛力Ｌｖ．６　気配察知Ｌｖ．５　豪打Ｌｖ．７　回避Ｌｖ．６　威圧Ｌｖ．５　気配遮断Ｌｖ．５
レアスキル：金剛Ｌｖ．７　瞬動Ｌｖ．６　身体強化Ｌｖ．６
スペシャルスキル：倍アタックＬｖ．５　状態異常無効　体力回復（大）
ユニークスキル：再生Ｌｖ．５　オートヒーリング（大）
エクストラスキル：
装備：ヘラクレスの棍棒　黒鉄の盾　ネメア獅子の革鎧　ヒュドラの革ズボン　ヒュドラの革靴
備考：

レベルが高すぎる！
でも、こちらは魔法騎士二、魔法剣士三、忍者二名。
回復魔法が使える者が三名。
護衛騎士を入れれば総勢一五名、余裕で……へぇ？
僕は左脇腹に丸太でブン殴られたような衝撃で宙を飛ぶ。
左目の端で委員長の雨宮さんが目を大きく見開いているのが見えた。
あれ？　どうしちゃったんだっけ？　あれ？　あれ？　だんだん暗くなってきた。
あれ？　……僕は闇に引き込まれていった。

《Ｓｉｄｅ　カズマ＝イオリ》

「秋山君!!」

雨宮の絶叫が響く。

秋山はオーガキングの一振りで宙を飛んでいた。

チッ！　見えたが動くことができなかった。

「ユキオ！　秋山を回復！　白河は結界！　吉野！　お前も結界内に入れ！　一之瀬、雨宮、久保《くぼ》！　結界前で盾防御！　俺と清田《きよた》、柏木《かしわぎ》で先陣、二陣！　篠原、山中、和歌山《わかやま》！　清田！　柏木！　【縮地】、【神速】で突っ込むぞ！」

狙いはアキレス腱！　アキレス腱を斬れば走れまい！

右のつま先にぐっと力を入れ、まさに跳びださんとした時にヤツが消えた。

「グッハ！」

『ブッシュウウゥゥーーーーーーー!!』

護衛騎士のデビスの頭がカチ割られ噴水のように血があがる。

「フゥ～、フゥ～、うわあああぁぁぁぁ～～～!!」

仲間のデビスが殺されエミリオが取り乱した。

オーガキングはエミリオに狙いを定めたようだ。

クソ！　棒立ちになっているんじゃねえよ！　間に合え！

オレはエミリオを救うべく【神速】で走る！

エミリオは振り上げられた棍棒を盾で受け止めるべく構えるが、盾ごと地面に叩き伏せられてしまう。

クソ！
「転移!!」
オレは隠していた転移魔法を初めて使った。
着地に失敗し転倒。転げ回ってヤツの膝裏に飛び込んだ。
死んでたまるか!!
オレは眼の前の左アキレス腱に刃を叩きつける。
離脱だ！
腹這状態では縮地は使えない！
「転移!!」
離れるとヤツを見る。背中にナイフが突き刺さっている。
清田か!?　柏木か!?
エミリオも離脱に成功している。忍者いい仕事するじゃねぇか！
「ウオラァ！」
かけ声と共に袈裟斬りをするが棍棒で弾き飛ばされてしまう。
そのタイミングで清田がヤツの右腕を斬りつける。
柏木は左肩甲骨の間にナイフを突き刺し離脱。
オレはヤツの正面に立ちヤツと斬り結ぶ。
オレがメインで戦い、清田と柏木がスキを見て攻撃をする。
このまま削る!!

◇◆

どれくらいたった？　……クソ！　疲れた。

「二陣、一之瀬、包囲殲滅！」

オレは号令し入れ替わると後方に下がりポーションを飲む。

オレ以上に動き回った清田、柏木もかなり疲れている。

代わった一之瀬達は包囲し剣撃が鳴り響く。

オーガキングと魔法剣士四人の殺陣が繰り広げられていく。

五分たった。オーガキングはまだ健在だ。

一之瀬、篠原も肩で息をしている。交代だ。

「ユキオ！　秋山は!?」

「傷は治ったと思う！」

「ポーションを飲まして起こせ！　戦闘中だ！」

「わ、わかった」

ユキオは抱えるとポーションの小瓶を秋山の口にあて流し込む。

ほどなく咽こみ秋山は目を覚ました。

「ガハッ、ガハッ」

「秋山、油断だぞ。回復役が真っ先に狙われるのは常だろ」

「スマン。人数が多くて油断した」

「護衛騎士のデビスが死んだ。雨宮、久保。一之瀬と篠原達が疲れてきた。俺と一緒に交代で入るぞ！　吉野、入れ替わり時に牽制のファイアボール！　撃つ前にユキオの肩を叩け、ユキオは叩かれたら『スイッチ！』と号令！　白河は結界解除！　解除後ファイアボール！　清田と柏木は一之瀬達が体力回復後参戦。回復はポーション。タイミングは吉野、お前がやれ！　よし、行くぞ！」

「スイッチ!!」

ユキオが叫ぶ。白河結界を解除。

「ファイアボール！」

吉野が続けて叫ぶ！

轟音とともに一メートル級の炎の玉が飛び着弾、オーガキングを焼く。

「行くぞ！」

オレは号令し走る。雨宮、久保も走り出した。

「篠原！　次のスイッチのタイミング任した」

入れ替わり時に声をかける。

篠原は大きく頷くと下がった。

さあ、二度目の戦闘だ。

背後に回るとエアーハンマーをヤツの右膝裏に叩き込む。

膝折れして上体が崩れた。ボコボコにしてやる。

上体を崩したにもかかわらずオーガキングを攻めきることができない。

オレはオートヒーリングがあるので今しばらく戦うことができるが、奥の手の『転移魔法』をさらしてしまった後で、オートヒーリングは秘密にしておきたい。

雨宮や久保は顔に汗を流し肩で息をしており限界だろう。

忍者の清田と柏木も動きが鈍い。

「スイッチ！」

篠原の声が飛ぶ。

交代時か。篠原達にトドメは譲るとするか。

交代した魔法剣士四人とエミリオがオーガキングと戦う。この間に回復だ。

息が整うのを待ちながら考える。

オレとオーガキングのレベル差は２５。種族間の格差もありそうだ。

「ガアアアァァァァァ」

オーガキングの断末魔の叫びが響き渡る。一之瀬の倍アタックが決まった。

三度目の出陣はないようだ。

ふ～～。一息つける。

オレはアイテムボックスから鉄コップを出し生活魔法の【ドリンク】で水を満たし一気にあおる。

ゴキュ、ゴキュ。と喉が鳴る。

かぁーーーーウメェ！

オレは左腕で乱暴に口を拭く。

しばらくすると、オーガキングの死体はズブズブと床に沈みアイテムが残された。

ヘラクレスの棍棒、黒鉄の盾、ネメア獅子の革鎧、ヒュドラの革ズボン、ヒュドラの革靴。

話し合いの結果、ヘラクレスの棍棒は唯一剛力スキルのある一之瀬に渡された。

黒鉄の盾は山中に、ネメア獅子の革鎧は白河が貰った。

ヒュドラの革ズボンは久保、ヒュドラの革靴は柏木が手にした。

最初、ヒュドラの革ズボンをオレにという話になったが辞退した。

鱗柄がどうにも受け付けられない。

ヒュドラの革靴も無理。

「こなれたズボンやブーツのほうが性にあうんだ。使ってくれよ」と笑顔で言うと、久保も柏木も凄く嬉しそうに『ありがとう』と感謝された。

イヤ、別に鱗柄いらないし。

オーガキングが消えると壁の一部が横滑りに動き、地上へのテレポーターと下の階に降りる階段が現れた。

「エミリオ。オレ達は階段の踊り場で待っていればいいのか？」

「はい。戦闘後三〇分経たないとフロアボスのオーガキングがリポップしないんです。我々は倒すまで三〇分かかりました。残り三チーム三〇分かかるとすると三時間は待つことになると思います」

三時間前後かかるということか、長いな。まぁ、しっかり休ませてもらうとするか。

《Side　ヒロト＝フジイ》

委員長と秋山君のパーティーがフロアボスの部屋に入り扉が自動で閉まった。

閉まると扉の上の照明灯代わりの魔石が緑色に輝きに変わる。

「なんか、病院の手術室みたいな感じやな」

翔平《しょうへい》が呟く。

「ああ、それ！　それな。俺も今、思っていたところだ！」

タケルも同じように感じたようだ。

俺も内心そう思ったが、話には加わらなかった。

戦い前に雑談で気持ちが緩ませたくはなかったからだ。

「アマノ、ヒロト。どちらが指揮をとるか決めておけ」

ヤゴフが言う。

「中に待っているのはオーガキング一匹だけだ。だからって楽勝だとか思うな！　一五対一でも実際戦えるのは四、五人だ。ヤツはバカ力だけでなく恐ろしくタフだ！　三つか四つに分けて休憩を挟みながらの戦いになる！」

「雨宮さんや秋山君達には言わなかったじゃないですか！」

天野は、最初に入ったパーティーに助言しなかったことを咎める。

「アマノ、良く聞け。先に入った二パーティーには指揮官がいる。だから助言しなかった」

「指揮官？」

「イオリだ。ヤツにはスキルに交渉術がある。交渉も戦術も目標を達成するための手段だ。通じるモノがある。実際、アキヤマパーティーでは指揮を執っていたらしい！」

「なるほど」

天野は『光の勇者』の称号を持っているので、後方で指揮というよりも最も危険な最前線で剣を振るうことが求められる。

「藤井《ふじい》君、君が指揮をしてくれ。僕は前で剣を振ったほうがいいだろう」

「わかった。戦況を見てローテーションで回すよ」

俺は素直に頷く。

三〇分が経った。

扉の上の魔石が緑色光から青色光へと変わった。

「おし！　終わった！　次！　アマノとヒロトのパーティーだ。三〇分後中に入るぞ！」

ヤゴフが言う。

「隊長！　コウタ達はクリアできたんですか！」

岡野が訊く。

「ああ、そうだ、言ってなかったな。青色光ならクリア！　赤色光なら全滅！　ただし青色光だからといって全員無事とは限らない。一人二人死んでもオーガキングを倒していれば青色光は点く」

「マジかよ」

岡野は天野と同じパーティーで余裕でフロアボスを倒し、致命傷を負う者もなく此処まで来ている。

それゆえ、死人が出るほど厳しい戦いを示唆されて怯む。

「ああ、マジだ」

岡野の呟きにタケルが応える。

タケルは一ノ瀬と同じパーティーで、一ノ瀬が倍オークに重傷を負わされるのを見ている。

同じく、一緒のパーティーだったアツシやタカヤの顔にも緊張が走る。

クリアか全滅、途中で逃げ出す選択はできない。

それが、フロアボスとの戦いだ。

青色に輝いていた魔石が、白色光へと変わった。伊織達の戦闘終了から三〇分が経ったようだ。

「よし行け！」

ヤゴフの号令のもと、俺達は扉の中へ入った。

中は意外に明るい。

玉座に座っていた筋肉ダルマが立ち上がった。デカい三メートルはあるな。

鑑定をかけるとレベル67のオーガキング。HPは7360。MPは3170。

魔法はなく、再生とオートヒーリング、体力回復（大）を持っている。

ちまちました攻撃ではすぐに体力が全回復する。

俺は天野、岡野、翔平、姫野さん、護衛騎士のゼプロスを第一班、タケル、アツシ、二宮《にのみや》さん、護衛騎士のマリュレリーとデビットで第二班とした。

状況によっては個別に入れ替える。

後方支援は菅原《すがわら》さん、若林《わかばやし》さん、俺で魔法攻撃、回復役としてプリーステスの綾瀬《あやせ》さんと綱島《つなしま》さんとし陣地からの支援を行う。

第一班が攻撃中は第二班が陣地の防衛担当する。

オーガキングが玉座から立ち上がり姫野さんを狙って突進して来た。

それを岡野が庇うように立ち塞がり剣を構える。

「来やがれ！　俺が相手だ！」

振り下ろされる棍棒を剣で受け止め歯を食いしばって耐える。

「ぐっううう！！！」

鍔迫り合いで止まったところにマリュレリーが背中を斬りつけバックステップで離脱、続いて岡野がワザと剣を退いたところで天野が右側面から斬りつける。

咄嗟に棍棒で天野の剣を止めたところを岡野が腹に剣を突き刺した。

「ぐっおおおぉぉぉ！！！！」

オーガキングの絶叫が響く。

岡野は離脱を試みて剣を抜こうとするが、腹筋を絞められ抜けない。

「岡野！　剣を捨てろ！　左拳が来るぞ！」

俺は叫ぶ！

岡野は剣を捨てて大きくバックステップをし、左拳を交わす。

ヤバイとこだった。ヤゴフが指揮官を置けという意味をあらためて知る。

岡野はアイテムボックスから予備の鋼の剣を取り出し構える。

天野達は一撃離脱を繰り返し、オーガキングを走らせないように釘付けにする。

そろそろ一〇分だ。入れ替えて休ませないと。

「第二班！　第一班と交代！　菅原さん、若林さん、交代の際に援護射撃するぞ！　魔法の準備！　綾瀬さん、綱島さん！　極力ポーションで体力回復！　魔力は大怪我に備え温存だ」

「「了解！」」

「スイッチ！」

俺の号令で二班が走り出し入れ替えが始まった。

「「ファイアボール！！！」」

菅原さんと若林さんの援護射撃でオーガキングの足を止める。

ふぅ～。これは長くなる。

気を引き締めてかからなければならないな。

◇◆

三巡目、第一班攻撃に事件が起きた。

「ウオオオオォォォ！！！！　コズミック・レイ！!!」

天野が叫ぶ！

突き出した左手から紫の光線が放たれオーガキングの身体に浸透する。

「グッ、グオ？　グオオォォォ……」

明らかに動きが鈍くなった。

なんだかわからないが、弱体化させる光線のようだ。

今がチャンスと見たのかゼプロスが左から斬り込む。

それに対してオーガキングは腹に刺さった岡野の剣を抜き、胸から横一文字にゼプロスを斬り払った。

「キャアァァ!!」

悲鳴を上げる二宮さん。

「ゼプロスゥゥ!!」

同僚が殺され絶叫するマリュレリー。

「は、早く回復を!!」

綱島さんが叫ぶ。

「心臓を横に斬られた！　即死だ！」

俺は怒鳴る。

「ウオオオオォォォ！！！　天琉剣！！！！！」

そんな中、天野の雄叫びと呼応して天野の剣が光り輝く。

振り下ろされた光の剣はオーガキングの太い腕を斬り飛ばし勢い余って地面に喰い込んでしまう。

動きの止まった天野にオーガキングは左手に握った岡野の剣を振り下ろそうとする。

しかし、ゼプロスの死を目の当たりにし岡野、翔平、姫野さんも動けない。

ただ一人、タケルが飛び込む。

「ウオオオオォォォ！！！　させるか！！！」

【縮地】で跳び出しオーガキングの剣を辛うじて受け止める。

『ガッ、キンィィン！』

だが、そんなタケルにオーガキングは唾を吐き眼潰しをする。

「うっ、あああぁぁぁ!!」

一瞬、視界が奪われたタケルは右腕を斬り落とされてしまう。

「ぎゃわあああぁぁぁーーーーー！！！！」

右腕を押さえ地面をのたうち回る。

『ボッガァン！』

オーガキングは、のたうち回るタケルをサッカーボールのように蹴り飛ばす。

『ボッガァ！』

「タケルゥゥゥ！！！」

額に脂汗を浮かせ苦悶の表情で歯を食いしばるタケル。

タケルの右腕が斬り落とされて硬直する岡野、翔平、姫野さん。

棒立ちの三人を守るように天野が剣を振るうが、その剣に光は宿っていない。

持続できないのか。

「マズイ！　右腕がないうちに勝負を付けないと……」

俺は、控えている第二班の面々を見る。

ダメだ！　恐怖で硬直している。スイッチできない！

俺がヤルしかない！

「チッ！　素人かよ！　たかが腕一本で戦意なくしてんじゃねぇよ」

悪態をつきながらも剣を振るう護衛騎士のダビット。

幸いダビットは動けている。

毒の短ナイフがダンジョンモンスターに効くかわからないが、転移で懐に飛び込み突き刺してやる。

オーガキングが剣の振り戻しで身体が開いた。

今だ！

「転移!!」

屈んだ状態で二本の脚の前に転移。

「ドラァ!!」

思い切り、股間に左ストレートを叩き込んだ。

「ぐっおおおぉぉぉ!!!」

苦悶の声をあげるオーガキング。

屈む上半身の腹に血が流れる。岡野の刺し跡だ。

毒の短ナイフを狙い定めて突き刺す。

『ザッシュ!』

よし! 離脱だ!

だが、握った剣を捨てたオーガキングの左拳がハンマーの如く右肩に振り下ろされ、骨が粉々に砕かれる衝撃と激痛が襲う。

「うっ、があああぁぁぁ!!!」

経験したことのない痛みに耐えきれず地面にのたうち回る。

「チッ! 欲をかくからだ! 最初から腹の傷を狙っとけよ!」

ダビットの声だ。

「藤井君!!!」

天野の叫びが聞こえる。

「アキト! ヒロトは助からん! 放っておけ! 今お前が剣を振らねぇと、次はあの女が死ぬことになるぞ!」

ダビットの声で天野は、ガタガタ震える姫野さんを見る。

「クソォォォ!!　天琉剣！！！！　天琉剣！　十文字斬り！！！」

怒りに輝く剣は胴体を鳩尾で二つに裂き脳天から二つに割る。

「ギャアアアアァァァァーーーーー！！！！！」

オーガキングの大絶叫が部屋に響く。

終わったのか？　ヤバイ……肺に血が入って来た。

死ぬのか？　こんな死に方で？　こんなとこで？

走馬灯が流れる。一五年の短い人生。

中学二年のクラス替えで笑顔の絶えない彼女に出会った。

彼女は黒髪ロングで、いつも周りに人がいる人気者。

いつしか俺は彼女を眼で追っていた。

彼女と同じ高校に通いたいがために猛勉強した。

高校合格、同じクラス。

「また、同じクラスになったね」

彼女は笑顔でそう言った。

死にたくない。告白もできず終わりたくはない。

「勇者っていっても所詮平民。貴族の俺達の上に立ってんじゃねぇよ」

そんな風に思っていたのか。

眼だけを動かしてダビットを見る。

侮蔑した顔が見えた。

「何見てんだ。早く死ねよ！」

『ペッツ！』

ダビットの吐いたツバが顔にかかる。

こんなヤツだったのか、とんだクズだ……。

なら、いいか。

「ダ、ダビ……ット……」

「なんだ!?　まだ生きてんのか？　早く死ねよ」

……その身体、貰う。

「キャ…ス……リング………」

「はぁあ？」

それが、ダビットから聞いた最後の言葉だった。

一瞬のブラックアウト。

その後に眼にしたのは、右肩と右側の頭がそぎ落とされた自分がいた。

頭もやられていたか。

これは助からない。

自分だった者を客観的に見詰める。

入れ替わって藤井広人となったダビットの眼に驚愕の色が浮かぶ。

「安らかに眠れ。貴族のダビットさん」

俺の一言を聞いて総てを悟ったのか大きく眼を見開き息を引き取る。

「ダビットさん、藤井君は!?」

「今……神のもとへ旅立ったようだ」

「くっ、うううう（涙）」

天野は下唇を噛み締めすすり泣く。

天野……すまん……。

俺は心の内で謝罪した。

◇◆

《Side　カズマ＝イオリ》

一時間半後、天野達が階段を降りてきた。その顔に笑みはない。

タケルの右手は手首から少し先で切断され紐で止血されていた。

綾瀬の回復魔法ではレベルが足らず繋ぐことができなかったようだ。

天野がタケルの右手を持ち切断面を合わせるとユキオの回復魔法でどうにか繋がる。

ただ、指はかすかに動く程度でリハビリが必要のようだ。

そしてヒロトは頭と肩を強打されて死亡した。

いつか起きるかもしれないと思っていたことが起きてしまった。

ヒロトの死体はマントに包まれ、護衛騎士二人の死体と共に翔平のアイテムボックスに収められている。

さらに一時間半後、レイジ達とヤゴフ隊長率いる護衛騎士のパーティーが階段を降りて来た。

タカヤの顔色が真っ青だ。

レイジに訊くと袈裟切りにあい意識が飛んでしまったらしい。

傷は鳴門《なると》の回復魔法で治ったが、受けたショックから立ち直ってはいない。

そして、こちらにも護衛騎士三名が死んだ。

大垣《おおがき》のアイテムボックスには護衛騎士三人の遺体が収められていると聞く。

これで死者は七名。大きな犠牲だ。

オレはヤゴフ団長に言った。

「先に進むのは止めて地上に戻ろう。無理だ」

「今それを考えている。総てのパーティーが集結したら判断する。それまで待て！」

「了解」

オレは素直に引き下がった。

見てわかんねぇの。

みんな死という現実をつき付けられて迷宮攻略どころじゃない。

よしんば進んだところで竦んだ心では勝てはしない。

さらに一時間半待つ。副隊長ケイン率いる護衛騎士だけのパーティーが階段を降りてきた。

一五名からなる護衛騎士だけのパーティーは六名まで減っていた。

三〇階のフロアボスとの戦いで合計一七名の護衛騎士が亡くなった。

こりゃ撤退だな。やっとベッドで寝れるぜ。待つだけでも疲れる。

「よし！　一〇分後、四〇階目指して進軍する」

な！　バカな！　ふざけんな！

「な！　ヤゴフ団長、それは無理では？」

天野が問う。

「命令だ！　命令は絶対だ！　逆らえば反逆罪とする！」

この野郎ーーーーー！

《Side　ヤゴフ＝バークレ》

マズイことになった。

レーマン伯の次男デビスが死んでしまった。

レーマン伯は北部貴族の取りまとめであり、レーマン湖を挟んでアストニア帝国と国境を接する大貴族だ。

アストニア帝国との貿易で財も潤沢であり王家より金持ちと噂されるほどだ。

その発言権はかなり大きい。

「先に進むのは止めて地上に戻ろう。無理だ」

カズマが俺に指図する。

お前が判断するな！

「今それを考えている。総てのパーティーが集結したら判断する。それまで待て！」

お前らのせいで窮地に立たされているんだぞ！

副隊長のケインのパーティーが下りてきた。ケインは無事か。

ケインはガガーランド王国との国境が近いモンテ伯の三男だ。

今回の護衛騎士は実力者が集められたわけではなく、高級貴族の子弟からなる集団だ。

勇者とお近づきになることが目的だったり、個人に箔を付けることを目的とするもので、結婚や出世、就職の意味合いが大きい。

そんな中で一七名の護衛騎士が死んだ。

マズイ、このままでは責任を取らされ死刑すら有り得る。

俺の息子マーチンはまだ一〇歳、王立学園は金がかかる。挽回せねばならない。

「よし！　一〇分後、四〇階目指して進軍する」

「な！　ヤゴフ団長、それは無理では？」

アマノが問う。

うるせー！　このまま戻れるか!!

「命令だ！　命令は絶対だ！　逆らえば反逆罪とする！」

俺は残りの護衛騎士のパーティーを指揮することにした。

これ以上護衛騎士を減らすわけにはいかない。

新たにパーティーを編成する。

ヒロトのパーティーメンバーをアマノ、アマミヤ、レイジのパーティーにそれぞれ振る。

負傷者がなかったコウタのパーティーはそのままだ。

○アマノパーティー
天野明人（Lv．43　光の勇者）岡野聡志（Lv．39　魔法剣士）
菅原笑美（Lv．39　魔法使い）姫野奈菜花（Lv．39　魔法剣士）
鍵和田猛（Lv．38　魔法剣士）綱島遥（Lv．37　プリースト）
斎藤翔平（Lv．38　魔法戦士）若林美樹（Lv．38　魔法剣士）
○コウタパーティー
秋山好太（Lv．40　賢者）伊織数馬（Lv．41　錬金術師）
一之瀬雅之（Lv．23　魔法剣士）白河麗香（Lv．38　結界士）
篠原レミ（Lv．39　魔法剣士）山中恵美（Lv．39　魔法剣士）
吉野真理（Lv．39　魔法使い）

○委員長パーティー
雨宮優衣（Lv．37　魔法騎士）和歌山千夏（Lv．39　魔法剣士）
柏木舞（Lv．35　忍者）佐藤幸雄（Lv．40　プリースト）
久保祐樹（Lv．37　魔法騎士）清田博幸（Lv．35　忍者）
前島篤志（Lv．37　魔法剣士）
○レイジパーティー
山田礼司（Lv．40　魔法戦士）大垣連（Lv．36　魔法騎士）
上杉隆也（Lv．38　魔法剣士）白鳥美雪（Lv．38　魔法剣士）
渋谷凜（Lv．39　魔法使い）鳴門晴美（Lv．37　プリーステス）
二宮静香（Lv．37　魔法剣士）綾瀬美優（Lv．37　プリーステス）
●藤井広人（Lv．37　魔法騎士）死亡

進軍はコウタとアマミヤのパーティーが先頭で、中間がアマノ、レイジのパーティーだ。殿は俺が指揮する護衛騎士パーティーだ。

先頭のコウタ・アマミヤパーティーにはエミリオを付け道案内させることにした。

エミリオは豪商マキソン家の次男で、金の力で護衛騎士の選考にねじ込んできたのだ。

いくら豪商といえ平民だ。死んでもかまわない。

四〇階層に辿りつけばかなりレベルアップになる。

少しは言い訳も立つというものだ。

「よし！　出発だ！」

俺は迷宮攻略再開の命令を下した。

【 第八話　ベネレックス大迷宮　脱走 】

《Ｓｉｄｅ　アキト＝アマノ》

「よし！　一〇分後、四〇階目指して進軍する」

「な！　ヤゴフ団長、それは無理では？」

「命令だ！　命令は絶対だ！　逆らえば反逆罪とする！」

クソ！　ヤゴフのヤツ。兵士になった覚えはないぞ。

これじゃ僕達が護衛騎士を守っているみたいじゃないか。

『光の勇者』の称号があるから、それなりに振舞っていたがこの国はダメだ。

召喚時の王の話は胡散臭い。

護衛に付いた騎士は皆高級貴族の子弟で、あからさまに女子を口説く姿はチンピラが街でナンパしているのと変わらない。

ベネレクッス大迷宮のあるこのテネトスの街で他の国から来たという冒険者から聞いた情報によれば、魔王国は経済・流通を重視した施政を行い、国は潤い民百姓まで豊かな生活を送っているらしい。

王侯貴族も温厚で治世に励み、広大な地を安寧に収めている。

人間の土地を侵略して版図を広げる気はさらさらなく、魔王国こそが新しい文化・発明品の発信地と教えてくれた。

そもそもネテシア王国は四方を外国に囲まれ、これといった産業もなく、国と国との緩衝地として存在していると聞く。

おそらく僕達は核爆弾的な威圧兵器にあたり、他国を牽制するか、侵略目的と考えられる。

本当は、召喚間もなく隷属の首輪や指輪で従属させるつもりだったのだろうが、召喚された僕達は総て【鑑定】持ちのためそれが適わなかったと思われる。

最初は『王女と結婚して王になるのもいい』と思ったこともあったが、ガンガン来る肉食系王女は僕の好みではないし、平民を見下し偉ぶる貴族と一緒にいたくはない。

決めた。この国から出る。

「サトシ、エミ、姫野さん、ちょっと話があるんだ」

「おう？」

「アキト、どうしたの？」

「天野君、何？」

僕は中学から親しい三人に、自分の気持ちを吐露する。

「いいぜ、アキト」

「うん！　いいよ！」

「私もそう思っていたの」

「秋山君と伊織君が脱出の準備をしているみたいだ」

「イオリなら考えていそうだ」

サトシが言う。

「コウタか伊織君に話をしてみようよ」

「エミの言う通りなんだが、ヤゴフ隊長が目を光らせている。僕と伊織君は目立ってしまっているので難しい」

「ああ、そうか。イオリは悪目立ちしているもんな」

「コウタに繋ぎを三人で取ってくれないか？」

「「「わかった」」」

「それから二人の動向には注意してくれ。今日にも脱出があるかもしれないからな」

「「「了解！」」」

《Ｓｉｄｅ　ユイ＝アマミヤ》

私達を守るはずの護衛騎士達は、道案内のエミリオさんを除いて後方に回ってしまった。

これは私達が彼らを守っているようなもの。

戦いたくないのに命令、命令、命令は絶対っていつから軍隊になっちゃったの。

命令なら人殺しもしなければならないの。

ヒロト君は、もういない……。

どうして、どうしてヒロト君は死んだの？　何か悪いことをしたの？

私も死んじゃう。イヤ……死にたくない。逃げる。こんな所にはいられない。

どこへ？　どうやって？　誰と？　誰と逃げればいいの？

天野君は王女様とべったりだしお城の人達の側に違いない。

天野君は信用できない。伊織君？

そうだ、伊織君。伊織君なら？　城から疎遠な伊織君は考えているかも。

この状況で動き出すかもしれない。

千夏《ちなつ》と舞《まい》ちゃんを説得する時間がほしい。ヤゴフ団長は近いし、どう伝えよう。

「千夏、舞ちゃん、私達いつも一緒だよ」

「何、いきなり？」

ああ～やっぱり伝わらない？

「舞、わかった。優衣《ゆい》と一緒！」

「ありがとう。一緒にがんばろうね。千夏はどうなの！」

「何？　何キレてんの。はいはい、あたしも一緒。これでいい？」

「うん！　えへへ、がんばろう」

《Side　カズマ＝イオリ》

三三階の階段を降りると幅四メートル、高さ五メートルの回廊が。そこを抜けると広さ六〇〇〇坪、高さ五〇メートルの広い空間に出た。

その空間を地割れが二つに分けている。地割れの幅は一〇〇メートル。

巨大な石の橋がかけられ幅は八メートル。手すりや縁石はない。

これは石橋で襲われるパターンだよな。

パーティーごとに石橋を渡る。全員渡り終わった何も起きない。

あれ？　何も起きない。

どう見ても此処で奈落の底に落ちるイベントが発生するパターンだよな？

渡りきると橋が落ちて帰れないというパターンでもない。橋はかかったまんまだ。

ということは、前と後に魔物が現れて挟み撃ちのパターンか？

後を警戒するも魔物は現れない。

考え方を変えよう。

此処で奈落に落ちるのは、虐められっ子、底辺、使えないヤツ。

………。

「おい、何か用か？」

「一之瀬、落ちんなよ。落ちても動くな。拾いに行ってやるから」

「な！　俺が落ちると思っているのか!?　ふざけんな！」

お？　コイツこの状況がわかっているな。ファンタジーの王道テンプレを理解している。

何も起きないまま、一団は先へと進む。

何も起きない。そんなことあるか。

思い出せ！　思い出せれば対処もできる。

なんだ？　なんだったっけ？　んんん〜〜〜。

「……あれ、何かな？　キラキラしている……」

全員が吉野の指差す方向を見る。

青白く発光する鉱物が奥の小山になった所に花咲くように生えている。

「へぇ〜、あれはキュービックジルコニア鉱石ですよ。あんなに大きいのが珍しい。キュービックジルコニア鉱石は宝石の原石です。特に効能は何もないのですが、その輝きは貴族のご婦人やご令嬢が指輪やイヤリング、ペンダントなどにしているほど人気で贈物としても大変喜ばれます」

エミリオが言う。

「素敵……」

若林が頬を染め言葉を漏らす。

「俺が取ってきてやるよ！」

アツシが走り出した。

おい！　バカやめろ！　そんな話からのトラップ踏みあったぞ！

「おい！　行くな！　罠に決まっている。やめろ‼」

バカは話も聞かずにヒョイヒョイと小山を登っていく。

クソが！　とっ捕まえてやる！　糞アツシ！

オレが走りだそうとするとヤゴフに肩を掴まれる。

「お前も動くな！　貴様！　戻って来い！　トラップだったらどうする。勝手な行動をとるな‼」

チッ！　このバカ‼　邪魔しやがって！

ヤゴフの声はアツシには届いていない。

ヤゴフ団長は止めさせるべく護衛騎士を走らせる。

遅せぇ！　クソ遅せぇ！　着いちまう！

アツシは小山の山頂に辿り着いてしまった。

ハザードスコープで確認していた護衛騎士が同時に叫びだす。

「団長！　トラップです！　早く止めさせないと‼」

「なんだと⁉　地図にはのってないぞ！　止めろ！　アツシ！　触るんじゃねぇ！‼」

ヤゴフの大声で驚いたアツシは花のように咲くキューービックジルコニアの花弁の一本に触れてしまう。

触れた瞬間、アツシは一瞬で消え去りキューービックジルコニアの花を中心に魔法陣が展開された。

やっちまったじゃねぇか！　チクショー！

緑色に光る魔法陣は瞬く間に大きくなり輝きを増していく。

「撤退だ！　一時退却！　早く回廊へ戻れ！」

突然、喚きだしたヤゴフ団長の言葉もどこへやら、の勇者達はゲームムービーを見入るように魔方陣を見入ってしまう。

ゲームの仮想世界ならまだしも、此処は現実世界、頭の切り替えが足りていない。

この世界育ちのヤゴフ隊長と護衛騎士は、見入るバカを置いて全力で回廊目指して走っている。

緑色に輝く魔方陣の中央に光の塊が現れ徐々に形を成していく。

まんまそのままかよ！

召喚された魔物は一〇トンダンプ超えのデカイ黄金の巨牛。

フロア全体の空気が凍りつく。この感じ、イヤな予感がする。

「バカな!?　Sランクのグレイティスホーンなのか！」

ヤゴフ団長の驚愕の声が聞こえる。

ヤバイぞ、コレは！

「おい！　走れ！　後がつっかえてんだよ！　死にてぇのか！　早く走れよ!!」

固まっていたクラスメイトがオレの怒声で走り出した。

『ブッモモモォーーーーン!!』

オレの怒鳴り声に合わせたかのように、雄叫びをあげ闘牛のごとく角を突きつけ突進して来た。

どん尻のオレ達は黄金の化物と対峙せざるを得ない。

チクショーー!!　やるしかねぇ！

「エアーカッター！　ジェットハンマー！」

突進してくる巨牛の脚止めにもならない。

クソ！　効いてねぇ！

「「ファイヤボール！」」

秋山、雨宮、吉野の放ったファイヤボールも全く効いていない。

やべぇ！　段違いだ！

「アマノ！　早く来い！　こっちだ!!」

ヤゴフ団長が叫ぶ。

ヤゴフ団長と護衛騎士は橋の向こうの回廊に辿り着き大声で天野を呼ぶ。

テメー、天野だけ呼んでんじゃねぇよ。何最初に辿り着いてんだよ！

「伊織君！　僕も戦おう！　女子は橋へ！」

天野は隣に立つと剣を抜く。

「天野！　俺は先に橋を渡るぜ！」

レイジは留まることを拒否し走り出す。

このままじゃ死ぬかもしれない。此処で決断するか！

天野は予定外だが、此処で脱出する！

「秋山ーー！　白河ーー！　プランA!!」

「了解!!」

「舞！　千夏！　伊織君について行くよ。伊織君！　私達も行くわ！」

雨宮が叫ぶ。

「伊織君、僕達出て行く」

岡野、菅原、姫野が頷く。

お前らも来んの!?　光の勇者が逃げ出すって定石外しだな!?

「ふ～ん、僕も行こうかな」

久保！　来るのかよ？　貴族令嬢ゲットはどうしたよ。

「拙者もお供しよう」

清田、無理して忍者調にしなくていいんだぜ。

「ああ！　わかった！　秋山、一之瀬、久保、清田、雨宮、和歌山、柏木、岡野、姫野で一班、残りは二班。一班は左、二班は右。突っ込んで来るぞ！　左右に避けろ！」

黄金の巨牛は壊れたダンプカーのごとく総てを吹き飛ばす勢いで突っ込んで来た。

「回避！！！」

左右に跳びギリギリに避ける。黄金の巨牛はそのまま橋へ向かって走ってゆく。

今しかない!!

「二班集合！　手を繋げ！」

向こうでは秋山が集合をかけている。

「行くぞ！　脱出だ！　転移!!」

手を繋ぐ二つのグループが姿を消した。

【 第九話　残された勇者達 】

《Side　ハルミ＝ナルト》

「「キャアァァー!!」」

『ドバァーン!!』

凄まじい音と振動が石橋に伝わってくる。

黄金の巨牛は石橋を渡り回廊に激突した。

その衝撃で回廊の一部が崩れ土ほこりが舞い上がる。

「行くぞ！　脱出だ！　転移!!」

後ろから声がする。

振り向くと委員長達のグループと天野君達のグループが突然消えた！

「転移よ！　自分達だけで逃げたんだわ！」

渋谷《しぶや》さんが吐き捨てるように言う。

「あいつら、あたし達抜きで打ち合わせしてたんだわ！」

普段の白鳥さんからは想像もできない汚い言葉を耳にする。

委員長も天野君も伊織君さえもいない。

「どうしよう……」

「晴美《はるみ》！　『どうしよう……』じゃないわよ！　どうにかするのよ！」

渋谷さんに怒鳴られる。

「……う、うん」

「来るわよ！」

白鳥さんの声で前を見ると回廊に突っ込んだ巨牛が逆戻りで走って来る。

立ち上がり迎え撃つ山田《やまだ》君、大垣君、斎藤《さいとう》君、上杉《うえすぎ》君、鍵和田《かぎわだ》君。それに綱ちゃんに若ちゃん。

私達も迎え討たないと。

「いい晴美、良く聞いて！　あいつらが迎え撃ったら横を走り抜けるわよ！」

渋谷さんが言う。

「え？　一緒に戦うんじゃ……」

「何バカなこと言ってんの！　アンタに何ができるの！」

私はプリーステスで回復魔法の他は水魔法しかできない。

伊織君が唱えたエアーカッター、委員長の唱えたファイヤーボールもレベル３の魔法だ。

私の水魔法レベル３のウォーターカッターも、たぶん通じない。

渋谷さんは全属性魔法を持つ魔法使いだけど、レベルは総て３。通じないと判断したんだろう。

「レイジは戦わずに走り出すと思うから、そのタイミングで走るよ！」

え!?　剣を構えている山田君が、みんなを見捨てて逃げ出す？

「レイジはね、ビビリなの。口だけ大将で勝てないと判断したら逃げ出すわ。いい？　走るの！」

「……うん」

突進して来た巨牛をファイヤーボールで目潰し斬撃を浴びせる中、山田君が橋を目指して走り出した。

「山田！　テメー！」

鍵和田君の怒声がとぶ。大垣君も走り出した。

「行くわよ」

渋谷さんのかけ声で私と白鳥さんも走り出す。

「ちょっと！　待って！　戦いなさいよ！」

後ろで二宮さんの声がする。

「晴美！　聞いちゃダメ！　走って！　立ち止まったら置いてゆくわ！」

立ち止まったら、渋谷さんも白鳥さんも本当に私を置いてゆくだろう。

私は眼を離すこともできずに巨牛と対峙するクラスメイトの横を振り向きもしないで走り抜ける。

ごめん、みんな……。

「きゃあぁぁぁぁ!!」

橋の中ほどで悲鳴がとぶ。

「「綱ちゃん！！！」」

「綱島ーーー！！！」

「クソォーー!!」

綱ちゃんが殺された？

脚が止まりかける。

「晴美！」

再び渋谷さんの声がとぶ。

そうだ！　走るんだ！　止まったら死ぬ。

私は息を切らしながら走る。

◇◆

橋を渡り切り回廊に辿り着いた。

「ハァ、ハァ、ハァ」

此処まで来れば大丈夫……。牛は入って来れない。

回廊口には、ヤゴフ隊長や護衛騎士の姿はない。すでに奥まで後退しているようだ。

振り向くと橋のたもとで、斎藤君と上杉君、鍵和田君、若ちゃんに二宮さんが立ち塞がるように戦っていた。

綾瀬さんは少し離れた橋上から支援しているようだ。

「若林、二宮行け！　綾瀬と回廊に逃げ込め！」

「鍵和田君達はどうするの！」

若林さんが問う。

「お前らが橋の半分まで走ったら声かけろ。そうしたら少しずつ後退して回廊に逃げ込む。俺達が逃げ込む時は支援しろよな！」

「「わかった」」

若林さんと二宮さんが橋を走り出す。

「ミユ！　走って！」

綾瀬さんも走り出した。

橋の半分を走り切ると若林さんが大きな声を発した。

「半分！　走ったわよ！」

「ＯＫ！　わかった！」

鍵和田君の返事と共に三人は少しずつ後退しながら橋を渡り出した。

これなら、みんな助かる！

回廊に綾瀬さんと二宮さんが辿り着きすぐ後ろに若林さんもいる。

「アンタら、サッサと逃げて！」

二宮さんが私達に怒鳴る。

「委員長も天野君も私達を置いて逃げたじゃない」

白鳥さんが言い返す。

「人を盾にしてんな！　って言ってんの！」

「自分達だって鍵和田君達を盾にしてじゃない！」

渋谷さんが反論する。

「ち、違う!!　私達は……」

「言い争いは止めて！　鍵和田君達が橋の半分まで後退したわ！　逃げ込んで来るから支援して！」

若林さんの声がとぶ。

言い争いは一時中断し、六人で支援魔法を放つ。

ファイヤーボールもエアーカッターも通じないことは、もうわかっている。

だから、狙うは巨牛の目だ。目潰しを絶え間なく続けて視界を奪う。

巨牛の目を狙って魔法を連射する。巨牛は余りにもしつこい目潰し攻撃に咆哮を揚げる。

『ブッモモモォーーーン!!』

「ヤバイ！　晴美！　美幸！　奥に逃げるわよ！」

渋谷さんが私の手を引く。

「あと、もう少しなんだから手をとめるなよ！」

二宮さんは白鳥さんの腕を掴みながら言う。私は綾瀬さんに服を掴まれ走れない。

「悪い予感がするの！　ブレス！　ブレスを吐くわ！」

巨牛がブレス!?　一度もブレスを吐いていないのに？

「嘘をつくな！　卑怯者！」

二宮さんが渋谷さんを罵る。

「死にたきゃ勝手に死になさいよ！　いいから離せ！」

渋谷さんは綾瀬さんを蹴り飛ばし、白鳥さんも二宮さんを蹴り飛ばす。

「晴美！　急いで！　ブレスなら奥まで逃げないとやられるわ！」

私達は再び走り出す。途中、走って向かってくる護衛騎士とすれ違う。

ダビットさんだ。

「他の勇者は？」

「回廊口！　ブレスの兆候があるの！」

渋谷さんは早口で言う。

「わかった！　階段まで走れ！　階段にヤゴフ隊長もいる。階段の上に移るように言うんだ！」

「わかったわ！」

ダビットさんは加速して回廊口へと疾走する。

◇◆

＊＊＊　ダビット（ヒロト）VSグレイティスホーン　＊＊＊

「クソ渋谷！　何がブレスよ！　一度もブレスなんて吐いてないじゃない！　嘘ばっかついて！」

「静香ちゃん！　本当だったらヤバイよ」

「嘘に決まって……」

『ブッホォォォォーーーー!!!!』

一度も吐いていないブレスを巨牛が吐いた。

「「ギャアアアアーーーー!!!」」

「「熱いぃぃぃぃ！」」

ヒートブレスで焼かれる斎藤、上杉、鍵和田、若林さん。

回廊の少し中にいる二宮さん、綾瀬さんにも迫る。

驚愕の表情で固まる二人の後に一人の騎士が立ち止まると魔法を唱えた。

「ウォーターウォール!!」

地面から立ち上がる水の壁は天井へと向かい回廊を塞ごうとする。

だが、あと一歩というところでヒートブレスは天井との隙間から零れ込む。

「キャアァァーー!!　熱い！　熱いぃぃ!!　痛い痛い痛いよぉぉ!!」

「イヤァァァーー!!　熱い！　熱い！　熱いぃぃ！　痛い痛い痛いぃぃぃぃ!!」

顔にヒートブレスを浴び二人は床をゴロゴロとのたうち回る。

「チッ、間に合わなかったか」

俺は舌打ちをする。

ブレスが止むまで水の壁を維持しなければならない。痛がる二宮、綾瀬に何もしてあげられない。

「さて、どうやって終わらせる……。転移で階段まで跳ぶと正体を疑われる。セオリー通り橋の下に落とすか」

ブレスが止んだので、二宮と綾瀬を放置して視界に映る橋向こうへと跳ぶ。

巨牛のケツ目指し再び転移すると腕より太い尻尾に夏の浜辺のスイカ割りのように剣を叩きつけ斬り落とす。

『ブッモモモォーーーン!!』

尻尾を斬り落とされた痛みで巨牛が暴れ出した。

俺は、迷宮入口でゴザを敷いただけの店から買ったキングストンナーガの毒液が入ったビンをアイテムボックスから取り出す。

高い金を払って手に入れたんだ、効いてくれよ。

俺は、毒液ビンを巨牛の右後脚に投げつけた。

キングストンナーガはSランクの魔物でその毒液は肉や骨を溶かす。

割れたビンから流れ出た紫色の毒液は巨牛の脚を溶かしだし骨をむき出しにし、その骨をも溶かしだした。

『ブッモモモォーーーン!!』

悶絶する巨牛。

「うるせぇよ。早く落ちろ」

巨牛のケツにドロップキックを決め、巨牛は谷底へ落ちて行った。

「ふぅ〜、高いだけはある。効果覿面だな」

周りを見渡す。黒焦げの死体が四つ。倒れている綱島さんの頭は陥没している。死んでいるだろう。

あと、翔平が死んだことでアイテムボックスに仕舞われていた自分（藤井広人）の死体と護衛騎士の死体も転がっている。

死体はどうする？　持って帰るのか。

「このままダンジョンに吸収させるか」

「いや、死体は私が貰う。勇者の死体はお宝だ。みすみすダンジョンに吸収させるには勿体ない。そう思わないか？　藤井君」

高位の法衣を身に纏った骸骨が姿を現した。

なんの音もなく転移の光も無く気配さえも感じなかった。

隠密スキル？

「私は此処のダンジョンマスターだ。君の活躍は『映し世のカガミ』で見ていたよ。凄いスキルを持っているじゃないか。そのスキルがあれば身体を替えて永遠に生きることができる」

ダンジョンマスター!?　まったく恐怖を感じない。オーガキングや黄金の巨牛を使役するモノが弱いはずがない。

見える太陽が実際の大きさでないように、こいつも、とんでもないバケモノに違いない。

「殺しに来たのか」

「そう警戒しなくていい。スキルコピーするだけだ。私が討たれ際、使わせてもらおうと思ってね。もっともコピーは終わっているが」

いつ仕かけた？　まったくわからなかったぞ!?

ダメだ。これじゃあ、気が付かないうちに死んでいる。

「用は済んだ。死体は全部持ち帰らせてもらう。それとも私に挑むかね」

「戦わない」

「ふふ、聡いのは、この世界では美徳だ。必要なスキルといえる」

この世界？

現れたときと同じに、音もなく転移の光もなくエルダーリッチも死体も消えた。

隠密スキルじゃない。別のスキルだ。

「さて、戻るか。二宮さんと綾瀬さんの火傷、治るといいが」

回廊口に向かって歩き出した。

【　第一〇話　旅立ち　】

《Side　カズマ＝イオリ》

オレ達は地下から地上へ転移した。

「まだ！　まだ離すな！　もう一度転移する。転移!!」

二度目の転移でテネトスの街から北に二つ目の町、ガガーランドと国境の町ベルムラの裏路地に降り立った。

遅れること数秒、秋山達も到着した。

「各自ステータスプレートはアイテムボックスにしまえ。天野、岡野、菅原、姫野、久保、清田、雨宮さん、和歌山さん、柏木さんは冒険者登録。オレがついて行く。秋山達は食料調達後、岩山集合」

「わかった」

天野からの返事だ。雨宮さんも頷いている。

「ここから南西の海に面した国ティアリア王国に、Aランク冒険者で英雄と称えられるケンジ＝タカハシがいるらしい。遅刻魔の高橋かもしれない。よくある名前で他人かもしれないが、少なくとも日本人と思われる。当面の目的はティアリア王国を目指す！」

「高橋君も来ていたのか！」

天野は驚いている。

「あいつが『英雄』とか冗談だろ。もしかして異世界チョロイ♪」

久保は言う。

「高橋君……」

雨宮さんは高橋の世話を焼いていた。

「よし、行こうか」

天野が言う。

まずは天野達の冒険者登録だ。

◇◆

私の名前はメルトレーゼ。

ベルムラの冒険者ギルドの受付嬢をしている。今は午後三時過ぎ。

まだまだ冒険者が依頼をこなして帰って来る時間ではないので暇を弄んでいる。

隣の窓口のシャロポアはカウンターに突っ伏し昼寝中。

咎めるはずの先輩は後ろの机で寝ている。

別に潰れそうな支部というわけではない。

朝のラッシュと夕方のラッシュの合間で気力の回復に努めている。

ここは食肉になる魔物が多く、王都をはじめ中央の都市へと狩られた肉が出荷されて、そこそこ儲かっている。

需要が常に一定量あり価格も安定しているため、一種類の魔物しか狩らない冒険者さえ存在する。

ようはベルムラの町は食肉基地なのです。

ぼーっと併設された飲み屋のテーブルを眺めていると黒髪の集団が入って来た。

薄汚れているが身なりが騎士風だ。

新人騎士というところかな。これは新規のお客さんかな。

シャロポアを揺すって起こす。

眠気まなこをこすりつつシャロポアが身を起こす。

「な〜〜に〜〜〜？」

「新規のお客さんよ。口拭いて！」

黒髪の目つきの悪い男がカウンターに来た。

「いらっしゃいませ。ご用件をどうぞ」

「後の九人の新規登録をお願いしたい」

「畏まりました。人数が多いようなので、半分は隣の窓口で対応させていただきます」

そう言うと綺麗に二手に分かれて並んでくれた。やっぱり新人騎士かな。

「登録料として大銅貨一枚を頂きます」

大銅貨一枚を受け取ると用紙を手渡す。

「ここにお名前、年齢をご記入ください。文字をお書きになるのが苦手でしたら代筆致します」

「ああ、大丈夫です」

記入された用紙をもらう。名前は……アキト君ね。後二、三年すればいい男になるかも。

「少しお待ちください」

私は用紙を持ち奥の魔道具に用紙を差し入れる。この魔道具に関してはまったく原理がわからない。先輩も、そのまた先輩もわからないらしい。

小さな水晶が赤から緑に変わり『ガタン』という音とともに下の取り出し口に鉄製のプレートが落ちてきた。私はそれを持ってカウンターに行きアキト君の前に出す。

「ここに血を一滴垂らしてください」

針を手渡した。

アキト君は左の人差し指を刺して血を垂らした。小さな声で『痛ぅ……』と言うのが聞こえた。

「これで登録は完了です。冒険者ギルドのルールをご説明致しましょうか？」

「いや、オレから説明するから大丈夫だ」

目つきの悪い男、察するに上司かな。

「はい、では次の方どうぞ」

私は次の垂れ眼で二重の男の子の登録作業に移った。

《Ｓｉｄｅ　コウタ＝アキヤマ》

僕達は下見の拠点にしていた岩山に集結した。

伊織君が話しだした。

「今後の予定とオレの考えを言う。まず、この後すぐに国境を越えガガーランドに入る。入ったら南下しレニリア王国に入る。入ったら国境の河沿いに西に移動し、ティアリア王国に入る。ネテシア王国はオレらを召喚したことを諸外国に秘密にしている。王の話が正しいのなら諸外国に発表してもおかしくはない。もちろん時期尚早のため伏せている可能性はある。しかし、冒険者や商人の話では、現行の魔王は商業・貿易に力をそそぎ、周辺諸国と緊密で良好な関係を築いているらしい。また、魔王国はティアリア王国の海の先の大陸であることがわかった。つまり内陸のネテシアの遥か先なのでなんの脅威にもさらされていないのだ。これは勇者を使って周辺諸国を侵略する意図があると考える」

天野君、雨宮さんは黙って聞いている。

「なるほど、そういうことか。だったらガガーランドやレニリアに加勢してネテシアの侵略を食い止めるべきじゃないのか」

久保が言う。

「ガガーランドやレニリアが、暴君が支配する国だったり貴族偏重の国だったりするのかは、今はわからない。しかし、ネテシアと対決するならレイジ達と殺し合いをするハメになるかもしれない。まずは自分達の安全の確保、それができたらレイジ達の説得と周辺国の調査をすべきだと思う」

「でも、それだとレイジ君達が人殺しをするかもしれないのでしょ。早く話をしたほうがいいんじゃゃ」

雨宮さんは言う。

「残ったアイツらはネテシアで優遇される。貴族に取り立てられたり貴族の令嬢と婚約したりとな。身を守る人殺しは肯定される。戦争での人殺しもだ。躊躇したら自分が殺される」

「そんな……」

「雨宮、テネトスの街でも女子供は普通に売られていたぞ。お前が人殺しはできないと躊躇すれば、柏木が捕まり性奴隷や売春婦として売り飛ばされたりするんだぞ。この先、旅で盗賊に出会うこともあるだろう。躊躇なく殺せ。お前自身を守るために。みんなを守るために」

「………」

天野は考えにふけている。

「天野君、世界を変えることはできない。ならこの異世界に日本をつくろう」

僕は天野に提案する。

「そうだな。それが良いかもしれない」

「僕達の手で安心して暮らせる国を造ろう」

ユキオも賛同する。

雨宮さんも若干不安が和らいだようだ。

「晩飯食べたらガガーランド側に転移する」

「「了解！」」

僕達の旅が始まった。

第四章　創造魔法編　第二部　残念勇者との出会い

［　第一話　盗賊の町　異世界転移七六日目　］

《Side　カトル＝エイハブ＝ラッセ男爵》

副兵士長のスミスから早馬が届いた。

セリスが認めた男・ヨシミ＝ヨシイ＝トヨトミが、エミリア王女殿下とパラオン公爵家三女リーリス嬢救出の褒賞として男爵位を授かったとの内容だった。

セリスや息子のクリス、兵士長ルーカスからの手紙から『優秀な魔法使い』であることが窺えたが、陛下から王都に屋敷を与えられ、領地として南の魔の森全部を与えられるほどだとは思っていなかった。

おそらく、南の魔物の森を抜け南に港を開き、人が定着すれば子爵を賜ることだろう。

開発資金は王都から王金貨一〇枚、追加支援金もありか。

これだけのバックアップだ。

ゆくゆくは伯爵に取り上げエミリア王女殿下を降嫁させる気かもしれない。

娘は『宝くじ』を引き当てたかもしれない。

ふぅ、面白くなってきた。動きしだいでは、念願の子爵を手にすることも夢ではないな。

《Ｓｉｄｅ　ヨシミ＝ヨシイ＝トヨトミ》

出発から四日目。今はメントヒルから次の町ダッパへと向かっている。

次の町ダッパはラッセ男爵領との領境の町だ。

また、辺境伯領の東に広がる魔の森に一番近い町でもあることから、冒険者の町でもある。

セリスから聞いた話では『治安は余りよろしくはない』ということだ。

盗賊が出るとしたらこの辺か。早く来ないかなぁ、盗賊。

暇だ。余りに暇だよ。

オッパイを大きくする魔法を創造し奴隷メイドのアリスに試した。

ＣカップからＥカップに劇的ビフォアーアフター。

巨乳エルフの誕生だ。アリスも喜んでいる。

もちろん、俺も喜びを味わっている。

真っ裸になった俺は、ブドウの房のようになったオッパイを堪能するために真っ裸なアリスに膝枕をしてもらっている。

俺は下からチュッパチュッパ、アリスは俺の奮い立つチ〇ポを右手で上下にシコシコ。

「ママのオッパイは美味しいでちゅか～？」

「バブゥ～」

「オッパイちゅきでちゅか～？」

「しゅき！」

「あらあら、赤ちゃんはしゃべりません。おチ〇ポおっ立てませんよ～。悪いおチ〇ポさんでちゅね～。お

仕置きかな〜〜」

　そう言うとアリスは膝枕をはずし俺の顔を跨ぎマ○コを顔に押し当ててきた。

「はぁあああん、ご主人様の鼻がマ○コに、マ○コに」

「ちょっ、アリス。息が……苦しい。腰を……あげろ」

「はぁ、あぁ、はぁ、あぁ。赤ちゃんは……しゃべりません。舌を入れて私のいやらしい蜜を吸ってくだしゃい〜。膣肉を味わって〜」

　言っていることが矛盾するだろ。

　アリスはチ○ポを右手で握って固定すると、舌の先端でカリを円を描くように舐め、ソフトクリームを舌からすくい舐めるように亀頭をペロペロする。

「バブゥ〜」

　わかりました。舌を入れるんですね。

「はぁああ〜〜。いいい〜〜。もっと、もっとです〜〜〜。はぁ〜〜むぅ」

　アリスがチ○ポを咥える。ヌルヌルした口内は温かくネロネロした舌がチ○ポ全体に絡まりつく。

『じゅるるるぅ』

　アリスがチ○ポを吸い上げる。

「はぁぁあん！　ソコは、ダメ！　ダメです〜、汚いからダメです〜〜。うわぁぁああ」

　両腕でアリスのお尻を押さえ、アリスのケツ穴を円を描くように舐めた後、シワを一本一本を舌でなぞる。

「あああぁぁ、指が〜、指がお尻に入ってくりゅぅぅぅ」

　ケツ穴から侵入した指は、腸内をかき回しピストンを繰り返す。

　AVもエロ漫画もそうだが、尻が気持ちいいという描写がある。

　お尻は万人が気持ちいいということではないらしい。

左手でケツ穴を穿ち、右手で膣穴を犯す。アリスがエロい声をあげて鳴く。

「ケツ穴気持ぢいぃぃ。マ○コも気持ぢいぃぃ。はぁあん、はぁ～ん。チ○ポ、チ○ポ欲しい」

アリスはケツ穴もいけるエロエルフだった。

アリスは口をつぼめると、激しく頭を上下に動かし射精を促してきた。

『ジュボ、ジュブ、ジョボ、ジュブ、ジュボ、ジュボジュボジュボジュボジュボ』

「くぅぅ～～～、イク！」

『びゅうう、びゅうう、びゅうう』

『んぐぅ、んぐぅ、んぐぅ、んぐぅ』

「かっ、はぁあ、はぁあ、はぁあ」

「はぁ、あぁ、はぁ、あぁ。ご主人様、おチ○ポ、おチ○ポ欲しいです～」

アリスは向きを変え左手にチ○ポを握ると、マ○コに宛がい腰を下ろそうとする。

「敵襲ーー！　敵襲ーー！　東より一八騎接近中!!　軍旗なし！　盗賊だーーー!!!」

「な！　盗賊!?　とうとう来やがったか！　よっしゃー！　ぶっ飛ばしてやるかー!!」

「ちょっ、ちょっと、ご主人様？　ご主人様～～」

「早く服を着ろ！　盗賊の襲撃だ。返り討ちにするぞ！　楽しくなるな！」

「むぅーーーーーー！」

アリスは恨みたらしい眼を向けつつ、膝を立てた三角座りでパンツに足を通す。

さっさと服を着た俺はアリスを置いて馬車の御者台へと移ると、異空間収納《インベントリ》からバズーカを取り出す。

デザインはド○ズーカ。暇なのでバズーカも作ってみた。

弾は異空間に弾薬工場を建て、ゴーレムを使って生産している。

異世界に弾薬工場を建てるまでには、かなりの手間を要いた。

火薬は炭、硝石、硫黄の混合物だが、ド○ゴンク○ストの爆○岩のような魔物や爆裂石のような鉱物があれば簡単に代用できるのではと考え【辞書】スキルで調べることにした。

調べると、ロックボムという自爆する魔物と加熱すると爆発する『ボンズの実』があることがわかった。

ロックボムはルーデンス王国とレニリア王国の間に広がるタラピオーネの森が生息地だ。転移魔法で行けない未知の土地だ。

ボンズの実は下賜された南の魔の森の火山に自生していることがわかり採取に向かった。

安定生産を考え栽培することにして、ボンズの木と土壌を鑑定するボンズの木の育成には地熱が必要なことがわかった。

天候によって生産量が上下するのが嫌なので、時空間魔法レベル7、異空間作製にて異空間に栽培場となる箱世界を造った。

土魔法レベル8、グランドクリエイトで北海道程度の大きさの大地作製し、余りは水魔法レベル1、ウォーターで水を満たした。

植物の育成には太陽が必要だ。擬似太陽の作製に取りかかった。

太陽の中心では、高い温度、高い密度の中で水素が核融合反応を起こし大きなエネルギーを生み出している。

地球は太陽と比べて小さく、太陽のように高い密度を作ることができないので、水素による核融合反応を起こすことは難しい。

その中で最も核融合反応しやすいのは重水素と三重水素だ。

重水素や三重水素は重さが違う水素の同位体だ。

水は酸素と水素からできており地球上のいたるところに存在する。

水は〇℃以下で固体、〇～一〇〇℃の間で液体、一〇〇℃以上で気体となるが、その上に第四の状態プラズマが存在する。

約一万度以上にすると、重水素と三重水素がプラズマする。

重水素と三重水素をプラズマ化させて一億度まで加熱すると核融合が始まる。

プラズマを加熱するには、原子核と電子が空気中に逃げ出さないように、超電導磁石で引き寄せるのだ。

一億度のプラズマを一秒維持できれば、核融合エネルギーを取り出せる。

要は一億度のプラズマを維持すればいいのだから【封印】で原子核と電子が逃げていかないように囲ってしまえばいい。

ヒヒイロカネの球体容器に海水を入れ完全密封する。

【分離】スキルを使って重水素と三重水素を残して分離して、球体容器をゴーレムする。

球体容器をゴーレム化するのは、スキルの重複利用で頭にかかる負担を軽減するためだ。

【浮遊】、【飛行】、【結界】スキルを付与、さらに【耐圧】、【耐熱】、【不懐】スキルを作製付与する。

創造魔法でドラゴ〇ボールのスカ〇ターのようなモノを作り、【解析】スキルを付与し温度を計測できるようにした。

球体容器ゴーレムに命じて内側に【封印】を張らせる。

水素原子がプラズマ化する約一万度まで加熱を行う。

落雷の温度は約二～三万度だから雷魔法レベル3のサンダーブレイクを浴びせ続ける。

球体容器ゴーレムが白色に発光、測定スカ〇ターで確認すると温度は一万度、プラズマ化だ。

次にプラズマを一億度まで温度を上げ核融合反応を起こさなければならない。

雷魔法もレベル6のストライクプラズマに上げて浴びせ続ける。

一時間経過、一億度に到達し結界を解除。

サンサンと輝く擬似太陽が造り出すことに成功した。名はサンちゃんとする。

次にボンズの実を育成するために火山を作製する。

土魔法レベル7、クリエイトマウンテンで山を造りサンちゃんの縮小版、溶岩魔人を造り地中深くに配置する。

何が育成に影響するかわからないので既存の樹木、草花を移植した。

ずっと昼間という環境は樹木や草花に影響があるだろうか？

月の必要性が出てきたら月を作製する。小さな擬似太陽を作り放熱、発光を抑える工夫をすれば作れると思われる。

同時に異世界空間を球体にする必要性が出てきたら球体に変えるつもりだ。

地熱が上がったところで山中にボンズの実を植生した。

弾薬工場を作るのに異空間世界を創造し疑似太陽を作製したのだ。


エリアサーチで確認すると赤丸だ。間違いなく盗賊だ。

ペガサス型AI搭載ゴーレムのシルビアに停止するよう念話を送り馬車を止める。

砂塵を巻き上げ突進する盗賊目がけて、肩で抱えたバズーカの引金を引いた。

『ドバァーン!!』

轟音とともに人馬が空中に吹き飛ぶ。

もう一発。

『ドバァーン!!』

さらにもう一発。

『ドバァーン!!』

完全に沈黙した。

さてと、俺は横で見ていた服を着たアリスをお供に爆心地に向かうことにした。

ラッセ男爵の家臣達は唖然としているが放っておく。セリスはジト眼で俺を見ている。

ヤバイ、ばれたか。

絶命した馬は異空間収納《インベントリ》に収納。

四肢切断や重傷な馬は回復魔法レベル8、エキストラヒールで再生・回復させた。

盗賊のほうだが、運がいいのか一八名全員生きている。

ちぎれた手足や破裂して飛び出た内臓を元に戻し捕縛、一番偉そうなヤツにアジトを聞くことにした。

「誰が教えるものか！　殺せ！　早く殺せ！」

う〜ん、騎士くずれか？

「アリス、そいつのキン◯マを思いっきり蹴り上げろ」

俺の言葉で途端に慌てだした。

「ま、待てー！　貴様も男だろ！　慈悲はないのか！　慈悲は！」

なんだコイツ、元貴族か？

「かまわん、やれ！」

「ヤメロー！　やめてくれ！」

「どうして出てきたんですか？　どうして待てなかったんですか！　バカちん！」

『ドッツカ！』

「ぐぅおぉ!!………」

アリスは思いっきり蹴り上げた。

しまった。金蹴りはダメだ。見ているこっちも痛みが伝わるようで股間に手が伸びる。

「ぐはぁ、ぐ、くぅ、う〜〜〜」

「さあ、吐け！　吐かないと次いくぞ！」

「ま、待て、話す。痛みが……引いたら……話す」

「わかった。今から一分だけ待ってやる」

男は頷く。最初から言えばいいのに。

一分後、聞き出したアジトはメントヒルより東の魔物の森の中にある洞窟。

洞窟の奥は遺跡になっており五〇世帯が暮らしているらしい。盗賊の町かよ。

捕縛した盗賊一八名は縛り上げ、弾薬工場空間に岩石製の五〇室の留置場を造り放り込んだ。

盗賊の町とは厄介な。

さてどうするか？　盗賊の町の住民を新しく作る村の住人にあてるか。

そもそもこいつらまともな生活できんのか。人の財産や人命を奪い売るやからだぞ？

俺はセリスにだけ事情を説明し、盗賊共は異空間の独房に繋いだことを伝えた。

「他に言うことがありますよね？」

ぐぅ、バレた。

「埋め合わせはするから。な!?　な!?」

「Hだけじゃイヤです！　私だけのプレゼントをください！」

セフィルから出て散々Hしたためかの効力が薄い。

「わかった！　セリスだけの特別なモノをプレゼントするよ！」

「赤ちゃんとかいうオチでもいいですけど。それ以外もくださいね」

くっはーー、オチがバレてる。

「了解！」

セリスが出発を促す。

俺からの説明がないことに納得がいかないラッセ男爵の家臣も出発に動き出した。

夕暮れダッパの町に到着。貴族の泊まれる宿屋にチェックインする。

セリスも誘って盗賊の町の実態を調べに行く。

セリスを誘ったのはダッパの町に残していくのが心配だったからだ。

面子はセリス、アリス、シルビア、俺の四人。

シルビアはペガサス形態から擬人化して銀髪の小さな少女になっている。

セリス達に透明化のスキルを付与し四人で夜のランデブー。

エリアサーチですぐに特定できた。

どうやら帰らぬ仲間を危惧して洞窟前を警戒しているようだ。

ハンドサインで降下。

【透明化】＋【気配遮断】でしずしずと近づく。

鳩尾パンチで見張り役の八人全員を気絶させ【捕縛】スキルで拘束、異空間留置場に送る。

さて、洞窟内に入りますか。

先頭は俺、次にセリス、アリス、シルビアの順だ。

洞窟というより炭鉱の通路という感じの回廊を通ると外に抜け出た。

周りを高い山で囲まれたカルデラで、そこにはガナンと変わらない規模の町が存在した。

中腹にオリンポスの神殿のような半壊した建物を中心に石造りの家が並ぶ。

これは俺レベルの領域ではなさそうだ。陛下と辺境伯に連絡したほうが良さそうだ。

「ヨシミ様、どうなさいます？」

セリスが聞いてくる。

「これは国家レベルの判断だと思うよ。あの神殿、転移門じゃないかな？　セリスとアンゼが飛ばされた先のストーンサークルにあった柱の形と同じように見える」

「え、まさか！　でも確かに似ていますわ」

「もしかして、飛ばされて来た人が監禁されているかもしれない。今、エリアサーチをかけるよ」

時空間魔法のレベルが上がりエリアサーチでできることが増えた。

魔物は赤、盗賊や敵対する人はオレンジ、味方は青、追跡マーカーも取り付けられるようになった。

町全体に広げてサーチする。あれ？　青でもなくオレンジでもない白の丸が存在する。

敵でも味方でもない？

「セリス！　敵でも味方でもない白丸がある。もしかすると転移して来た者かもしれない。助け出したらここを出よう」

「わかりましたわ」

白丸が表示された建物に着くと静かにドアを開け俺とアリスが中に入る。

セリスとシルビアは外を警戒してもらう。

中には髭ズラの小太り男がコップに酒瓶を傾けていた。

すぐさま捕縛し異空間留置場に放り込む。

床に四角い開き戸がある。どうやら地下に囚われているようだ。

開き戸を上げると下へ降りるハシゴが見えた。

俺はアリスとともにハシゴを降りる。

そこは石造りの部屋で、通路に面した所は鉄格子で遮られた地下牢そのものだった。

鉄格子越しに総ての監禁者を見ていく。一見して貴族とわかる少年少女ばかりだ。

俺達を見て盗賊の仲間か、買い手の商品選びと思ったのか、怯えて嵐が去るのを待つような様子だ。

一番奥の部屋まで歩くと黒髪黒目の一五、六歳の少年が鎖に繋がれている。
まさか！　もしかして！
俺は高鳴る動悸を抑えつつ鑑定をかけた。

『ステータス』
名前：アツシ＝マエジマ
種族：人間　年齢：１６才　性別：男
職業：奴隷　魔法剣士
レベル：３７
体力：５５０／２７６０
魔力：４００／１９９０
幸運：Ａ
状態：空腹衰弱
基本スキル：剣術Ｌｖ．４　加速Ｌｖ．４　火魔法Ｌｖ．３　気配察知Ｌｖ．３　生活魔法　回避Ｌｖ．４　盾術Ｌｖ．３　土魔法Ｌｖ．３　気配遮断Ｌｖ．３　防御Ｌｖ．５
レアスキル：鑑定Ｌｖ．３　遠目Ｌｖ．３　障壁Ｌｖ．３　身体強化Ｌｖ．３　獲得経験値2倍　瞬動Ｌｖ．３　夜目Ｌｖ．３　金剛Ｌｖ．３　危険察知Ｌｖ．２
スペシャルスキル：アイテムボックスＬｖ．３　詠唱破棄　状態異常無効　固定Ｌｖ．２　倍アタックＬｖ．２　体力回復（大）
ユニークスキル：異世界言語
エクストラスキル：

称号：異世界人　勇者　イワノフの奴隷
加護：女神エステェニアの加護（中）
装備：オーガの皮鎧　オーガの皮ズボン　オーガの皮ブーツ　隷属の首輪
所持品：
所持金：

やはりネテシアの勇者だ！

寝ている間にでも首輪を付けられたか？

イワノフってさっきの髭デブのことか？

異空間留置場より引っ張り出す。鑑定をするとビンゴ！　イワノフだ。

イワノフの隷属魔法をスキルコピーする。

イワノフの左腕に奴隷紋を入れイワノフを奴隷化した。

さらに従属スキルを使い服従化を強化しておく。

アツシの隷属の首輪を【スキャン】スキルで読み取り【魔術式作成】スキルで書き換える。

これでアツシは俺の奴隷だ。

奴隷のままにしたのは、ステータスからは性格まで読めないので保険的処置だ。

アリスにセリスとシルビアを此処に呼ぶよう指示する。

ことの成り行きを鉄格子越しに見ていた人々に静かに話しかける。

「みなさん、静かに聞いてください。私はロマンティアのトヨトミ男爵です。あとラッセ男爵の次女セリス＝ミラ＝ラッセ嬢も来ています」

「ヨシミ様、参りました」

セリスが姿を現すと数人から安堵の声が漏れる。

それを知ったのかセリスは囚われていた人々に話しかける。

「皆様、私はラッセ男爵家次女セリス＝ミラ＝ラッセと申します。私からも幾人か知った方がおられますが今は脱出が優先されます。こちらはトヨトミ男爵様です。辺境伯の長女アンゼ＝リム＝アッシュホード様の婚約者で私の婚約者でもあります。これから脱出しますのでトヨトミ男爵様に従ってください」

希望を取り戻し笑顔の者もいれば涙を流し喜んでいる者もいる。

これから脱出と聞いて緊張の面もいる。

「セリス。とりあえず地上に出たらセフィルに転移する。皆さん、手を繋ぎ輪になってください。繋ぎましたか？　セリス、アリス、シルビアも輪に入って。では行きます。転移！」

景色は変わり月明かりの下、森の中に出たことがわかると囚われていた人々から歓声があがった。

「皆様。まだ終わりではありません。もう一度転移してアッシュホード辺境伯の居城セフィルに向かいます。しっかりと手を繋いでください。では行きます。転移！」

二度目の転移で四日前に出発したセフィル城に到着した。

城門の前の衛兵は、見知らぬ集団が現れたのを見て此方に走ってくる。

「何者だ！　あ、ヨシミ様！　どうなされたのですか？　この者達はいったい？」

「早くカリス様に目通りを。この方達は貴族の方々です」

「わかりました。おい！　城にお伝えしろ！」

ことのほか早く家令のハゾスがやって来た。

「ヨシミ様、緊急とのことで急ぎ参上しました。とりあえずロビーへ。軽い食事を用意いたします」

「助かるよ。ありがとうハゾス」

「いえ、当然の務めです」

さすがハゾス、できる男。かっこいい。

【第二話　セフィル城夜　異世界転移七六日目】

「ハゾス、伯爵様にすぐに報告したいことがある。取り次いでくれ」

「畏まりました」

ハゾスは部下の執事やメイドに対応を指示すると城の奥へと消えていった。

「皆さん。これより奴隷解除いたします。この男イワノフに解除させますので一列に並んでください」

俺はイワノフに奴隷解除を命令する。

「わかっていると思うがヘタな細工をするなよ。ただ解除すればいい。余計なことをすれば命がないぞ」

「重々わかっていますよ」

イワノフは渋面で応えた。

奴隷解除された貴族子女は、執事やメイドの生活魔法クリーンで汚れを落としてもらうと、温かいタオルを渡され顔を拭いている。

拭き終わった者から食堂に案内され歩き出す。

夕食時を過ぎているため、出された食事はオーク肉のステーキにオニオンスープ、パンに果物。飲み物はワインに果実のジュースと手の込んだ物はなかった。

それでも満足に食事を与えられていなかったせいか、貴族であることも忘れガッツガッツと食べている。

中には涙を流しながら食べている者さえいる。

「男爵様、応接室にご案内いたします」

と、メイドに声をかけられた。

俺はアツシに付いて来るよう言い応接室に向かった。

五分ほどして辺境伯カリス様が現れた。

「ハゾスから『急ぎ報告したい』と聞いたが何があったのかね？」

俺は、メントヒルの町からダッパの町へ向かう途中で盗賊に襲われ返り討ちにしたこと、捕らえた盗賊からアジトの場所を吐かせて向かったことを話す。

向かった盗賊のアジトは遺跡と思われる石造りの町で、エリアサーチから囚われている人々がいることがわかり向かったこと、貴族とすぐわかる少年少女を発見し救出したこと、カリス様を頼ってセフィルに戻って来たことを話した。

囚われていた貴族の少年少女に混じって、黒髪黒眼、異世界人と勇者の称号をもつ少年を見付けたので隷属にしたこと、彼がネテシアで召喚された勇者であることを話した。

町の中央の神殿の柱が、アンゼとセリスがエジュルダンジョンの転移トラップでたどり着いた場所、ストーンサークルにあった柱と似ており転移門の可能性を伝える。

「なんてことだ。メントヒルの東の魔の森に盗賊の町が……彼がネテシアの勇者か」

「アツシ、どうやってネテシアからあの町にたどり着いたか話してくれないか。此処はロマンティア王国、ネテシアからかなり離れている。半年から一年はかかる所だ。ウソを言ってもわかるぞ。僕の【鑑定】スキルはレベル１０、カンストしている。君が日本人であることも知っている」

俺の『日本人』と言う言葉に驚き、アツシは俺を凝視している。

俺に【鑑定】をかけているのか。なら【隠蔽】と【擬装】をＯＦＦにしよう。

「お前！　日本人なのか！　俺達みたいに召喚されたのか！」

アツシは勢いよく立ち上がると大声で俺に問いただす。

「アツシ！　座れ！　辺境伯様に無礼だぞ！」

俺はワザと怒鳴る。

「ヨシミ君！　落ち着いて！　君も座りなさい！」

「質問に答えろよ！」

と、アツシが叫ぶ。

「たかが勇者ごときで図に乗るなよ」

まさかの俺の返答に凝視する。また鑑定か？

俺の半分のレベルしかなく、『創造神の使徒』で創造魔法を使う俺に勝てるかどうか算段しているようだ。

いくら算段したところで、万が一もなく俺には勝てないけどな。

それにお前は俺の奴隷だしな。

「ぐっ、い、息が……く、苦し……」

「座れ。そうすれば首輪は緩む」

アツシは渋々ながら座った。

「アツシ、君に言っておく。君は僕の奴隷となっている。僕に逆らえば今のように首輪は絞まる。僕の命を狙うようなら窒息死だ」

「なんだと！　テメエーゆ……ぐっ、あ、がぁ～～」

「わかったか？　苦しみを遠ざけたければ好きな女性のことでも考えろ。そうすれば首輪は緩む」

とんだゴミ勇者だ。キャンキャンとよく吼える。弱い犬ほどよく吼えるというが……。

散々ネテシアでチヤホヤされたか、バカにされていたのだろう。躾が大変だ。

「カリス様、度々申し訳ございません」

俺は辺境伯に深々と頭を下げる。

「ヨシミ君、わかったからいい。頭をあげなさい。それから君！　国王陛下の前でその態度は許されないぞ！　自制しなさい」

アツシは渋々と頷く。

「アツシ、どうやってあの町に来たか説明してくれ」

アツシの話では、ネテシア王国にクラスメイト共々、王宮に召喚され魔王を倒すようお願いされたと言う。それを皆で了承し日々訓練をしていたこと。召喚十五日目に実地訓練としてベネレクッス大迷宮に挑んでいたことを話す。

三四階でキュービックジルコニア鉱石という宝石を取ろうとして、触ったら光に包まれて神殿のような建物に降り立っていたと言う。

神殿の異変に気付いた住人が現れて打ち解け、夕飯にお酒を飲んで気を失い、気が付いたら鉄格子の中に閉じ込められていたと言う。

予想通りの話だった。一五、六歳とはいえ召喚された勇者の思慮のなさに溜息が出る。

「ヨシミ君、大変なことになった。盗賊の町の転移遺跡は生きている。陛下に報告しなければならない。アツシ君も王宮に連れていかなければならない」

コンコン！　ノックの音がする。

「旦那様、ハゾスです。囚われていた貴族子女の名簿を作りお持ちしました」

「入れ」

「う〜〜ん………」

カリス辺境伯は唸る。

「名簿は陛下にもご覧になっていただく。貴族子女の方々には私が挨拶をした後は風呂に入っていただき、今日のところは休んでいただこう。ヨシミ君、少し待っていてほしい」

そう言って応接室を出て行かれた。代わりにセリスが応接室に入って来た。

「セリス、大変なことになった。僕の隣に座っているのはネテシア王国が召喚した勇者とわかった。彼はベネレクッス大迷宮の転移トラップであの崩れかけた神殿に降り立った。最悪あの神殿から他の国の軍隊が攻めてくる可能性が出てきた」

「なんてことでしょう。そんなものがこの国に。この国のどこかに他にもあるのでしょうか？」

「あるかもしれない。これ一つだけと願うばかりだよ。これからカリス様と王宮に行く。ネテシアの勇者に関しては極秘となると思う。内緒な」

「わかりました」

いきなり応接室のドアが開きアンゼが入って来た。

「ヨシミ、急に戻って来て何があったの!?　お父様も厳しいお顔をしているわ」

俺はアンゼにセリスに話したことと同じことを伝えた。

「まさか転移門が！　すぐ近くじゃない！　早く壊さなければ!!」

アンゼは動揺をしているようだ。落ち着きを失いアタフタしだした。

俺は立ち上がりアンゼに近付くと腰に手をまわし引き寄せアンゼを見詰める。

「アンゼ落ち着いて」

俺はできるだけやさしく語りかける。

「この後王宮に報告にあがる。ネテシアの勇者に関しては極秘となると思う。誰にも言わないように」

「えぇ、ええ、わかったわ」

少し落ち着いたようだ。

俺はアンゼの顎に手をやるとアンゼは目を閉じ、軽くキスをかわした。

アツシは驚き見入っている。

「後で私にもしてくださいね」

セリスにお願いされてしまう。


王宮に行く前に、俺はアッシの首もとに手刀を軽く打ち意識を奪う。

アッシの隷属の首輪では見ためが悪い。

「て、手前……」

アッシはテーブルに頭から突っ伏した。

素早く首輪の魔術式を書き換え、解除した隷属の首輪をアイテムボックスにしまう。

そして新たにアッシの左手甲に隷属魔法で奴隷紋を入れた。

気絶させたのは速やかに奴隷紋をいれるためだ。

少々反抗的なので従属化も忘れずに入れておく。

「アンゼ、こいつをメイドに言って小奇麗な格好にしてくれ」

「わかったわ。ヨシミが恥をかかないようにメイドにしっかり言いつけておくわ」

《Side　アッシュホード辺境伯》

「静粛に！　静粛に！　皆様、これよりアッシュホード辺境伯様よりお話があります。ご静粛にて傾聴願います」

外までローゼンの声が聞こえる。

私は大きく息を吐くと意を決して食堂の中に踏み込んだ。

上座に立ち周りを一瞥する。隷属の首輪をしている者はいない。解除できたようだ。

「皆さん、私が此処の当主のカリス＝ナハ＝アッシュホード。陛下から辺境伯位を賜っている者です。娘婿のトヨトミ男爵から一報を聞きおよび、皆さんを病気や欠損もなく無事我が居城に迎え入れることができたこと、神に感謝するばかりです。皆さんはすぐにも領地で待つご家族のもとに帰りたいと望んでいることでしょう。ですが、夜も更けてまいりました。今宵は我が居城にて身体を休めていただきたいと思います。各領地へは皆さんの無事をお伝えする早馬を飛ばしておりますので、ご返事、お迎えがあるまで当家にて静養なさってください。私自身、見知った御人やご婦人をお見受けいたしますが、この後魔法士を使って王都へ飛び陛下にご報告する仕事がございます。積もる話は後日ということでご了承ください。ご質問も明日にお願いいたします。これより王都に向かいますので失礼いたします」

私は食堂を後にするとヨシミ君の待つ応接室に向かう。

間違いなく私に討伐命令が下されるだろう。

後はラッセ男爵か。

あの粗暴なネテシアの勇者を陛下の前に出すのは一抹の不安がある。

しかし、彼を陛下の前に出さないことには話が進められない。

ヨシミ君に彼の手綱をしっかり握ってもらわなければならない。

《Ｓｉｄｅ　セフィル城メイド・メイド長サラ》

「メイド長、アンゼお嬢様がお呼びです。第一応接室にすぐに来てほしいとのことです」

「わかりました。ホリー、後をお願い。ララは一緒に来なさい」

私はララを連れ第一応接室に向った。

辺境伯の居城セフィル城にはたくさんのメイドが働いている。

城下の娘や田舎から出てきた才女、そして近隣貴族の娘。

田舎から出てきたララは覚えが良く、効率的に物事を考えることもできる。

私の後継にするつもりだ。

「お嬢様、お呼びと伺いました。なんでございましょう」

「サラ、お父様が戻ってきたらその者を連れてお父様とヨシミの三人で陛下にお会いになられるわ。恥をかかないように小奇麗にしてほしいの」

「謁見に見合う格好に仕上げれば宜しいのですね。畏まりました」

「ララ、昼間あなたが整えた来客用の部屋に運びます。その者に重力魔法レベル2のフワンをかけます。十分の一の重さになるので二人でさっさと運びましょう」

私はフワンを黒髪の少年にかけ手足を持って担架のように運んだ。

何者かしら。

本来、詮索してはならないのだが、黒髪だ。好奇心に勝てず【鑑定】する。

異世界人？

勇者⁉

私達に無様に運ばれるこの少年は勇者様のようだ。

私は少年の顔をマジマジと見る。少し生意気な感じだが可愛い顔をしている。

ちょっと好みかも。

前回のヨシミ様はお嬢様の情夫ということでご遠慮いたしましたが、これは食べても良いということでしょうか。

お嬢様が配慮してくださったと思われる。ありがとうございます。

ソファに寝かすとズボンを下ろしパンツにする。

見たことのないパンツだわ。女物みたい。続いてパンツを下ろす。

気を失っているのでフニャチンだ。

「あわわわわ。何をなさっているのです？　サラ様お止めください」

「ララ、良いことを教えてさしあげます。この方、勇者様です」

「えぇぇぇ！　勇者様ーーー！」

「声が大きい。静かになさい。起きてしまうでしょう」

「だ、だからといってパンツを下ろすのはオカシイと……」

「ララ、よく聞きなさい。これは神からの贈り物です」

「はぁ!?　何を言っているのです？」

「ララ、これは恵みなのです。神の施しなのです。気を失った勇者がいる。うら若き乙女の私達がいる。神は言っているのです。子を設けろと。わかりましたか」

「？………そう、そうですね。神の思し召しですね。………わかりました」

「では、いただきましょう」

「でも、でも、あの、お、おチ〇チンが立っていません。無理ですぅ」

「諦めてはなりません。今から私が『フェラチオ』という技をアナタに伝授して差し上げます。よく見て覚えるのです」

フニャリと寝そべるチ〇ポを起こすと口に含みジュルジュルと音を立てて吸い上げ頭を上下。その後右手でチ〇ポを上下に扱く。

レロレロと亀頭を舐めまわし尿道口に舌を立てて穴を弄る。そしてまた、カリを刺激するようにジュルジュル吸い上げ頭を上下。するとフニャチンだったチ〇ポがそそり立った。

「すごい……」

「わかりましたね。時間もないことですし、早々にいただきます」

よく寝ている。これなら最後までいけるかも。

特性ローションをチ○ポにこねるように塗る。城下のアンサンブル商会から買い求めた媚薬と勃起効果がある一品だ。

さすがに高いだけあります。チ○ポに筋が浮いて来ました。

白のレース、蝶の刺繍のあるパンツを片足立ちで脱ぐとポケットにしまい、長いスカートを左手で巻き上げ、右手でチ○ポの位置決めし腰を深く下ろした。

「ふっわぁぁぁぁあああ。奥まで……きたぁぁぁ」

勇者の脇に手を突き、低く膝立ちすると腰だけをヘコヘコ動かしマ○コにチ○ポを出し入れする。

「今ある移し路を超える力を我が身にもたらせ。【加速】！」

『ジュブュ、ジュブュ！　ジュブュ！　ジュブュ！　ジュブュ！　ジュブュ！　ジュブュ！』

「ヒッ！　ヒッ！　ヒャア～～！　……ん、んぐぅううう」

やばい。大声出ちゃう。声を抑えなくちゃ。

ララも見ていることですし無様な顔はできません。

「今ある速さを超える力を我が身にもたらせ。【神速】！」

『ブジュ、ブジュブジュブジュブジュブジュブジュブジュブジュブ！!!』

「んぐぅぅぅ～～～～～～～～～～～～～～！！！！」

『びゅう！　びゅう！　びゅう！』

あぁぁ、勇者様の子種が私の子宮を激しく撃っている～～～～。

来る！　来る来る来る来る来りゅぅぅぅ！!!

「あああぁぁぁぁぁ。イク～～～～！!!」

「はぁ、はぁ、はぁ、はぁ。……とても良かったです。勇者様」

「あばばばばば！　ほんとに、ほんとにやっちゃった！」

　ララが言う。

「まだローション効果もあります。【加速】を使えばアナタもやれる時間はあります。さぁ、早くパンツを脱いで跨いで！」

「えぇ！　やっちゃう!?　私もやっちゃう！」

◇◆

　無事、ララも勇者様チ〇ポを頂く。二人で一〇分。許容範囲ね。

　生まれたての小鹿のようによちよち歩きをするララ。

　初めてだったとは……。

「少し休んでいなさい」

「……はい」

　この後、生活魔法のクリーンで消臭。超速更衣で貴族服を着せる。

　これで大丈夫。

「ん、んぬわぁぁぁ〜〜〜。ううぅ？」

「お目覚めですか勇者様。応接室までご案内いたしましょう。皆さんお待ちですよ」

　私は勇者様に最上級の接客スマイルを贈ってみせた。

　ふふ、勇者様。ごちそうさまです。

【 第三話　アッシ　盗賊の町からセフィル城まで 】

《Ｓｉｄｅ　アッシ＝マエジマ》

あの日、キューービックジルコニア鉱石に触れた途端に光に包まれ、オレはオリンポスの神殿のような建物に降り立った。

周りをキョロキョロしていると皮鎧を着た三人組の男が現れた。

それがトエロフ、ベレナス、ミンスだった。

ベレナスとミンスはオレを警戒しているようだったが、トエロフは気さくな男で俺の話を信じてくれた。

夕食は俺の歓迎会となり、髭面の男と男口調で露出の多い女共と酒を酌み交わすことになった。

そこにボスと呼ばれるスミノフの一団が帰ってきた。

ヤツはオレを見ると女共に『酌をしてやれ』と命じて自分は手酌で飲み始めた。

オレの右隣に座った女はズボンにサスペンダーで上は裸、乳首がサスペンダーに隠せるわけもなくオッパイ丸出し。

左隣に座った女も上半身裸。隠すものもないオッパイ、突起した両乳首には指輪のようなリングが付いている。

そんな二人に寄りかかられるように交互にお酌をされる。

オレの息子はビンビンだ。

「ねぇ、アンタ、いい男だねぇ。ムラムラして来ちゃったよ」

サスペンダーの女は自分の大きなオッパイを下からすくい上げ自分の乳首を吸う。

「アタイも欲しくなっちまったよぉ。荒々しく胸を揉んでくれよぉ。アタイは乱暴に揉まれるのが好きなんだ」

乳首リングの女が言う。

「そうだ。三人で良いことしようぜ。なぁ？　いいだろう？」

サスペンダー女が言い出した。

「ああ、いいぜ。どこでする？」

いくら酔っているとはいえ車座になって飲んでいる連中の前で3Pしたくねぇ。

「あの家、来客用なの。アンタが寝る家さぁ」

乳首リングの女が言う。

両腕に腕を絡まされオッパイの軟らかさを両腕に感じながらエスコートされる。

「おいおい。これからハメハメかぁ？　一発で撃沈するなよ！」

「「ハァハハハ!!」」

回りの火を囲んだ連中が笑う。

「ほれ！　コイツを飲め！　コイツはスゲェぞ！　二発三発やってもビンビンよ！　男はなぁ、女を逝かせてナンボよ。行ってこいやー!!」

「おーし！　頑張れー！　逝ってこーい！」

「「ハァハハハ!!」」

またもや連中が笑う。

オレは好意とともとらえ小瓶を受け取った。

「ほらぁ、貸しなぁ」

オレから小瓶を取るとサスペンダーの女が小瓶を開けて口に含み、オレの顔に顔を寄せる。

ああ、口移しに飲ませるんだな。エロアニメみたいに。

サスペンダー女の唇を受け止める。彼女の唾液と混じった生ぬるい粘液が口に流れ込む。

サスペンダー女の舌がオレの舌に絡みつき堪らず喉を鳴らして粘液を飲み込んだ。

「ふふ、続きは中に入ってからなぁ」

ベッドに三人で腰かける。急に眠気が……。

クソ。こんな時に。飲みすぎたか？

「おい！　寝んなよ。おい！」

「水を持ってくるわ」

乳首リングの女は立ち上がり離れる。

「悪り」

「いいって。夜は長げぇ。最初は俺達で気持ち良くしてやんよぉ。横になんなぁ」

「ああ、わかった」

サスペンダーの女がズボンの上からビンビンになった息子を摩る。

「ふふ。ギンギンじゃねぇか」

オレは息子を触る彼女の手錬を感じつつ瞼を閉じた。

◇◆

目が覚めると俺は地下の鉄格子の部屋に閉じ込められていた。

すぐに状況を把握した。

「クソ！　謀ったな！」

こんな鉄格子などすぐに蹴り飛ばしてスミノフをぶん殴ってやろうと思ったが、鉄格子に触ると首が絞まり息ができない。

「がはぁ！　ぐうう〜〜〜」

魔法で鉄格子を吹き飛ばそうと考えただけで首が絞まる。

チクショー！

「ち、違うことを考えて！　食べ物とか好きなことを考えて！」

締まる首輪にもがいていると向かいの牢屋の少女から声をかけられた。

食べ物？　カレー、カレー、カレー、カレー。

首輪は絞まらなくなった。

何度も鉄格子を破ろうとするオレを見て、連中はオレを鎖で繋ぎやがった。

クソ！　そのうち脱出してやる！　必ず復讐してやる！

◇◆

どうにもできず時間だけ流れた。

食事は一日二回、黒パンに水。トイレはバケツ。

向かいの鉄格子の姉妹は恥ずかしそうに用をたしている。

することがないので何度も寝る。

今、囚われてから何日経ったかもわからない。

ここで死ぬのかと諦めかけた時、黒髪黒眼の男と金髪の女性がハシゴを降りてきた。

金髪の女性はとても美しく、見とれていると耳が長いことに気が付いた。

エルフだ！　はじめて見た。

黒髪黒眼の男がオレを見て驚愕している。

あいつ鑑定持ちか。

スミノフも鑑定持ちでオレが勇者とわかったから閉じ込めやがった。

黒髪黒眼の男は鉄格子越しにオレらを見てから静かに話し始めた。

「皆さん、静かに聞いてください。私はロマンティアのトヨトミ男爵です。あとラッセ男爵の次女セリス＝ミラ＝ラッセ嬢も来ています」

後から金髪で一五、六歳の少女と銀髪のやけに白い肌の少女も降りてきた。

「ヨシミ様、参りました」

金髪の少女が黒髪黒眼の男の横に立つ。

数人から安堵の声が漏れる。有名人か？

「皆様、私はラッセ男爵家次女セリス＝ミラ＝ラッセと申します。私からも幾人か知った方がおられますが今は脱出が優先されます。こちらのヨシミ様は男爵様です。辺境伯の長女アンゼ＝リム＝アッシュホード様の婚約者で私の婚約者でもあります。これから脱出しますのでトヨトミ男爵様に従ってください」

なんだと！　こいつ、二人も女を！

「セリス！　とりあえず地上に出たらセフィルに転移する。皆さん手を繋ぎ輪になってください。繋ぎましたか？　セリス、アリス、シルビアも輪に入って！　では行きます。転移！」

俺は向かいの鉄格子にいた姉妹の妹？　と手を繋いだ。

顔を赤くして恥らう姿がかわいい。

景色は変わり月明かりの下、森の中に出た。

妹ちゃんも月を見上げ歓声を上げている。俺も月を見て目尻に涙が。

「皆様！　まだ終わりではありません！　もう一度転移してアッシュホード辺境伯の居城セフィルに向かいます。しっかりと手を繋いでください。行きます！　転移！」

二度目の転移で城門前に到着した。

城門の前の衛兵がこちらに走ってくる。

「何者だ！　あ、ヨシミ様！　どうなされたのですか？　この者達はいったい？」

「早く伯爵様に目通りを。この方達は貴族子女の方々だ」

「わかりました。おい！　城にお伝えしろ！」

衛兵が素っ飛んで行った。

代わりに燕尾服を着たザ・執事という格好の初老の男がやって来た。

「ヨシミ様、緊急とのこと急ぎ参上しました。とりあえずロビーへ。軽い食事を用意いたします」

「助かるよ。ありがとうハゾス」

「いえ、当然の務めです」

やっぱり執事か。

「ハゾス、カリス様にすぐに報告したいことがある。取り次いでくれ」

「畏まりました」

俺はメイドに生活魔法クリーンをかけてもらい温かいタオルで顔を拭く。気持ち良い。タオルの温かさにまた涙が出そうだ。

拭き終わったら食堂に案内された。

出された食事はオーク肉のステーキにオニオンスープ、パンに果物。

飲み物は果実のジュースを選んだ。また同じ轍は踏みたくねぇからな。

パンもスープも肉もうめぇ。ガッツガッツと食べる。

妹ちゃんもがんばって食べている。お姉ちゃんは食べながら泣いている。

「アッシ！　俺に付いて来い。後でたらふく食わしてやる！」

オレは男爵について行くことになった。妹ちゃんが泣きそうな目で見ている。

「後で会おうな！」

思わず声が出ていた。

妹ちゃんは大きく頷く。うん、うん、かわいい。

応接室に着くと、なるほど辺境伯と思われる身なりの良い男が現れた。

「ハゾスから『急ぎ報告したい』と聞いたが何があったのかね？」

男爵が経緯を説明するのを辺境伯は黙って聞いている。

「なんてことだ。メントヒルの東の魔物の森に盗賊の町が……彼がネテシアの勇者か」

「アッシ、どうやってネテシアからあの町にたどり着いたか話してくれないか。ここはロマンティア王国、ネテシアからかなり離れている。半年から一年はかかる所だ。ウソを言ってもわかる。僕の【鑑定】スキルはレベルが１０だ、カンストしている。君が日本人であることも知っている」

「お前！　日本人なのか！　オレ達みたいに召喚されたのか！」

「アッシ！　座れ！　伯爵様に無礼だぞ！」

「ヨシミ君！　落ち着いて！　君も座りなさい！」

「質問に答えろよ！」

「たかが勇者ごときで図に乗るなよ」

なんだと!?　たかが勇者だと!?　テメーは何様だ！

オレは男爵を鑑定した。レベル６９！　創造神の使徒!?

なんだとっ!?

「ぐっ、い、息が……く、苦し……」

「座れ。そうすれば首輪は緩む」

しぶしぶ座ると締め付けがなくなった。

「アツシ、君に言っておく。君は僕の奴隷となっている。僕に逆らえば今のように首輪は締まる。僕の命を狙えば窒息死だ」

「なんだと！　テメーゆ……ぐっ、あ、があ〜〜〜」

「わかったか？　苦しみを遠ざけたければ好きな女性のことでも考えろ。そうすれば首輪は緩む」

好きな女？　そんなのいねーよ！

あ、そうだ。妹ちゃん、妹ちゃん………。ふぅ、緩まった。

「カリス様、度々申し訳ございません」

男爵は辺境伯に謝る。

「ヨシミ君、わかったからいい。頭をあげなさい。それから君！　国王陛下の前でその態度は許されない！自制しなさい」

わかったよ。苦しいのはイヤだからな。

「アツシ、どうやってあの町に辿り着いたか説明してくれ」

俺はネテシア王国に召喚されてからのことを話した。

「ヨシミ君、大変なことになった。盗賊の町の転移遺跡は生きている。陛下に報告しなければならない。アツシ君も王宮に連れていかなければならない」

コンコン！　ノックの音がする。

「旦那様、ハゾスです。囚われていた貴族子女の方々の名簿を作りお持ちしました」

「入れ」

「う〜〜ん……」

辺境伯は唸っている。

「名簿は陛下にもご覧になっていただく。私が挨拶をした後は、皆様方には風呂に入っていただき、今日のところは休んでいただこう。ヨシミ君、少し待っていてほしい」

そう言って応接室を出て行った。

代わりに金髪のセリスとかいう少女が入って来た。

「セリス大変なことになった。僕の隣に座っているのはネテシア王国が召喚した勇者だ。あの地下牢にいた一人だ。彼はベネレクッス大迷宮の転移トラップであの崩れかけた神殿に降り立った。最悪あの神殿から他の国の軍隊が攻めてくる可能性も出てきた」

「なんてことでしょう。そんなものがこの国に。この国のどこかに他にもあるのでしょうか」

「あるかもしれない。これひとつだけと願うばかりだよ。これからカリス様と王宮に行く。ネテシアの勇者に関しては極秘となると思う。内緒な」

「わかりました」

いきなり応接室のドアが開き金髪青目の美人が入って来た。

「ヨシミ、急に戻って来て何があったの!? お父様も厳しいお顔をしているわ」

男爵は金髪青目の美人に同じことを伝えた。

「まさか転移門が！　すぐ近くじゃない！　早く壊さなければ!!」

かなり動揺をしている。落ち着きを失いソワソワしだした。

男爵は金髪青目の美人の腰に手をまわし引き寄せると見つめる。

「アンゼ落ち着いて」

「この後王宮へ報告にあがる。ネテシアの勇者に関しては極秘となると思う。誰にも言わないように」

「えぇ、ええ、わかったわ」

男爵は金髪青目の美人の顎に手をやるとキスをした。

マジかよ！

「後で私にもしてくださいね」

お前もかよ！

うらやましい。オレだって妹ちゃんと………。

いきなり首筋に何か打ち下ろされる。

「て、てめぇ……」

首筋に手刀をくらったのだ。オレは意識を失った。

◇◆

「ん、んぬわぁぁぁ～～～。ううぅ？」

両腕を伸ばし眼を覚ます。

「いつの間に寝たんだ？」

起き上がると着ているものが貴族服に変わっている。

脱がされたのか。部屋にはメイドが二人。

奥の椅子に座る赤い顔をした若いメイドは伏目がちにオレを見詰める。

その顔！　見たのか？　見たんだな！

少し年上の女性にチ○ポを見られてしまった。恥ずかしい。

「お目覚めですか勇者様。応接室までご案内いたしましょう。皆さんお待ちですよ」

顔を赤くしたもうひとりのお姉様系美人のメイドが両手をお腹で組んで話しかけて来た。

この人も見たんだよな。

「隷属の首輪は男爵様がお外しになられました。この後王宮に登城となりますうえは、急ぎますのでお着替えさせていただきました」

惚れ惚れする笑顔。惚れてしまいそうだ。

もういい。見たことは流そう。終わったことだ。

……この笑顔の眩しいお姉さんはなんて名前なんだろう。

名前を訊くのは不自然じゃないよな。

【第四話　盗賊の町制圧勅令】

カリス辺境伯が応接室に戻ると、俺とアッシの三人で王都のアッシュホード邸に転移魔法で飛んだ。

転移先は執務室だ。

普段から此処は鍵がかけられ、王都辺境伯邸執事のマルス以外の入室はできないようになっている。

降り立つとカリス辺境伯はドアを開けマルスを呼ぶ。

「マルス、私だ。辺境より転移魔法で急ぎ戻った。すぐに執務室に来てくれ」

すぐにマルスが現れ第二婦人のリリーナもやって来る。

「アナタ、どうしたの？　こんな夜更けに。トヨトミ男爵まで」

俺は夫人に軽く会釈する。

「マルス、王城に行く馬車の準備を。本日中にお会いしたい」

「畏まりました」

「リリーナ、皆も食堂へ行こう。ここだと皆が座れない」

「わかったわ。クララ、皆様にお茶をお出しして」

「畏まりました奥様」

つり目に眼鏡のクララの役職は王都辺境伯邸のメイド長だ。

さっきまでいなかったよね。どっから現れた。諜報系か？

食堂で第二婦人のリリーナにカリス辺境伯が説明する。

執事のマルス、メイド長のクララも同席している。

アツシのことは俺が雇った護衛という話にされた。

「まだ、確定ではないが討伐の勅命が出されると思う。クロイスも連れて行く」

「アナタ！　クロイスにはまだ早いわ」

婦人は喚く。

「リリーナ！　よく考えろ！　これはクロイスが騎士爵を手に入れるチャンスだ。今回叙爵されなくても次では確定的になる」

騎士爵に叙爵と聞き、婦人は不安気に押し黙る。

クロイスは第二婦人のリリーナの子なので、伯爵自身がクロイスに騎士爵を与えることができない。

与えることができるのは国王陛下だけだ。

ここで説明をすると伯爵以上の者から騎士爵を賜っても領地は貰えない。

雇われ騎士で、一代限りで終わる。

しかし国王陛下から騎士爵を賜れれば領地を預けられ一国一城の主、領主となり代々引き継がれる。

仮に領地が貰えなくても、法衣貴族として代々爵位を引き継ぐこともできるのだ。

リリーナとしては喉から手が出るほど欲しいと思われる。

「ヨシイ様！　お願いです！　クロイス！　クロイスを助けてください！」

婦人は必死に俺に泣き付く。

「リリーナ様、できうる限りをいたします。ご安心ください」

俺はなだめるように言う。

勅令は辺境伯に下りるだろう。俺も討伐に協力参加するつもりだ。

「ああ、ありがとうございます。感謝いたします」

婦人は両手を合わせて神にでも祈るような仕草だ。

「旦那様、馬車の準備ができました」

「うむ、行こう」

馬車は夜の道を王城に向け走り出した。

《Ｓｉｄｅ　国王レグラス＝ハイム＝ロマンティア》

執務室で仕事をしているとノックをする音が聞こえる。

「入れ」

「失礼いたします。陛下、アッシュホード辺境伯様が至急お会いしたいと登城なさっておいでです。とりあえず第一応接室にご案内いたしました。ご登城の用件はネテシアについてとのことです」

「わかった。アーレフにも伝えよ。アーレフも同席させる」

「畏まりました」

私は宰相のアーレフをともなって第一応接室に入る。

トヨトミ男爵もいる。黒髪の少年は？

◇◆

「頭をあげよ。立ち話もなんだ。座って話を聞こう。カリス、何があった？」

「陛下、実際に見てきたトヨトミ男爵から説明させます。よろしいでしょうか」

「かまわん、トヨトミ男爵、話すがよい」

「ハッ！　今日あったことをお話しいたします」

俺はメントヒルからダッパへ向かう途中盗賊に襲われたこと。

返り討ちにしてアジトに向かったこと。

そこで遺跡と思われる石造りの町を見つけたこと。

囚われていた貴族子女を救出したこと。

囚われていた人の中に『ネテシアの勇者』がおり隷属したこと。

彼がその勇者であることを話す。

町の中央の神殿が、転移門であることも伝えた。

「……彼がネテシアの勇者か」

「アツシ、国王陛下に私達にした話をしてくれ。ネテシアに召喚されたときからあの町に辿り着くまでを話すんだ」

陛下はアツシの話を顎に手を置き聞き入っている。

ネテシア王国にクラスメイト共々、王宮に召喚され魔王を倒すようにお願いされたこと。

それを皆で了承し召喚されてから訓練していたこと。

召喚一五日目にベネレクッス大迷宮で実地訓練に挑んでいたこと。

三四階でキュービックジルコニア鉱石という宝石を取ろうとして触ったら、光に包まれて神殿のような建物に立っていたこと。

住人と打ち解け、夕飯にお酒を飲み気が付いたら鉄格子の中に閉じ込められていたことと俺達が聞いた話と寸分も変わらない。

「陛下、こちらが救出いたしました貴族子女の名簿にございます」

カリス辺境伯は宰相のアーレフに名簿を手渡した。アーレフから国王陛下へと渡る。

「ユーノス伯にスウェーデ伯。なんてことだ。伯爵家の者までいるではないか」

国王は一瞥すると宰相に手渡す。

「陛下、敵性軍隊が転移して来る可能性がございます。転移門は破壊する必要がございます」

アーレフ宰相は告げる。

「そうであった。攫ってきた子女をトルコア帝国に売り捌くルートができているとみてよかろう。トルク伯爵とラッセ男爵の関与も疑わしい。カリス！　盗賊の町を占拠、転移門の破壊を命じる。首謀者を吐かせる。なるべく殺すな」

「承知いたしました」

「お待ちください。盗賊なら一八人ほど異空間に捕縛しています。尋問なさってください」

「なんと！　でかしたぞ！　トヨトミ男爵。ヴォルフを呼ぶので付いて行ってくれ。ネテシアの勇者に関しては、しばらく極秘とする。身柄はトヨトミ男爵預かりとする」

「承知いたしました」

俺は近衛騎士団団長ヴォルフ＝ガルム＝バッシュに付いて退出した。

アッシュホード家による盗賊の町の制圧が行われることが決まった。

◇
◆
城から戻るとカリス辺境伯は第二婦人のリリーナ、息子のクロイス、執事のマルス、メイド長のクララも食堂に呼ぶ。

「先ほど登城し、陛下よりメントヒルの東に存在する盗賊の町の制圧の勅令を頂いた。貴族子女の密売ルートの存在の疑いもあり、当家単独の制圧となる。今回の制圧をクロイスの初陣とし補佐としてトヨトミ男爵とローゼンをあてる。私はセフィル城にて後方支援と、誘拐されていた貴族子女の方々の対応にあたる。クロイス！　軍の運用はローゼンがする。トヨトミ男爵はお前の警護と補佐をしてくれる。二人の助言をよく聞くのだ」

「わ、わかりました。お父様」

不安を隠せていない。

「戦い勇んでもダメですが気負ってもダメです。平常心です。私がサポートします。大丈夫です。秘密兵器もありますから」

俺はクロイスを見て言う。

「任せろ！　俺が全部倒してやる！」

そう言うとアツシは『ニッ！』と笑う。

「明日、朝食後セフィルに転移し、ローゼンも交え軍の運用を決める。クロイスは部屋に戻りなさい。マルスは学園に手続きを頼む。トヨトミ男爵と話がしたい。屋敷の者は席をはずしてくれ」

クロイス、リリーナ、執事のマルス、メイド長のクララは食堂から退室した。

「ヨシミ君、執務室で続きを話そう」

俺達は執務室に移動した。

「ヨシミ君、陛下のいう貴族子女の密売ルートはあると思うかね？」

「私はあると思います。周辺で港を持つトルク伯やラッセ男爵の関与を陛下は疑っていましたが、盗賊自身が秘密の港を持っている可能性もあります。もし秘密の港があれば、周辺の港を持ってない貴族も盗賊と結託している可能性が広がります」

「うーーーん、そうなると私の領地を囲む貴族総てが容疑者となってしまう」

「カリス様、秘密の港があるならば制圧し陛下に具申すれば下賜されるのでは？　場所にもよりますが辺境伯爵領に編入されるかと思います」

「そうだな。まずは盗賊の町の制圧だな。セリス嬢はダッパに戻りラッセ男爵領に向かわせよう。ダッパにいる迎えの兵をそのまま置いておくわけにもいくまい。ラッセ男爵には私から一筆、ヨシミ君にも一筆書いてもらう。それをセリス嬢に持たせる」

「男爵が黒幕かもしれませんよ」

「それならそれで隠蔽工作に動くだろう。すぐにわかるようにはしてある」

なるほど密偵か。

「カリス様に転移魔法を付与したいと思うのですがよろしいですか？」

「私にかね。願ってもないことだが……では頼む」

俺はカリス辺境伯に背中を向けてもらい肩甲骨の間に右手を置く。

そうすると手の輪郭が黄緑色に光った。

鑑定すると付与することができていた。

「カリス様、付与はうまくいきました。転移魔法はレベル1で見える範囲で転移可能です。レベル2でさわった者と一緒に見える範囲で転移可能です。レベル3で一度行ったことのある場所なら転移可能です。レベル4でさわった者も一緒に行ったことのある場所に転移可能となります」

「ありがとうヨシミ君、がんばってレベル上げするよ」

「ではカリス様、我々も部屋に戻ります」

「ああ、明日はよろしく頼む」

執務室を出るとメイドが待っており部屋に案内される。

別れ際、アツシにマーカーを付ける。後でやることがある。

「アツシ、後で部屋に行く。寝ないで少し待っていてほしい。話したいことがある」

「あ～ん、わかったよ、早く来いよな」

さて、ゴミ勇者をどう強化しようか。

メイドに案内され部屋に着くとエリアサーチをかけ、アツシの所在を確かめ歩いて向かう。

『コン、コン』

「ヨシミだ」

「開いている。入ってくれ」

俺はドアを閉めると結界を張る。

「で、なんの話だ？」

備え付けの椅子に座ると話を切り出した。

「アツシ、ネテシアがお前達クラスメイトを召喚した理由を知っているか？」

「なんだ。そんなことか。魔王を倒して平和を取り戻すためだろう？」

「違う。今の魔王は穏健派だ。経済と流通を重視した政治をおこなっている。国は豊かで国民の生活レベルも高い。他の国へ侵略もない。魔王は、この世界の文化・生活水準向上の牽引役だ。魔王は創造神様のお気に入りなのさ」

「ネテシアの王様は魔族が人間の国を侵略し人々は虐げられているようなことを言っていたぜ」

「それはウソだ。お前達はネテシアの侵略戦争の道具として召喚されたのさ。その証拠にここロマンティアはネテシアより魔王国に近い。誰か一人でも魔族の侵攻を口にしたか？　誰もいないだろ。お前達はていの良い使い捨ての兵器なのさ」

「そうだとしても、こんな世界では良くあることじゃないのか？　国同士の戦争なんて」

「ああ、そうだな。だが、戦いが広がることを懸念した創造神様が俺とお前のクラスメイトの高橋賢志を召喚した。俺達二人は創造神様の使徒だ。お前達勇者を葬るために俺と高橋賢志は特殊なスキルを頂いている。高橋賢志は創造神の使徒にして勇者、お前達が周辺国に侵略を始めれば殺しに行くことになっている」

「な、なんだよ！　それ！　なんで殺されなければならないんだよ！」

「戦争とは殺し合いなんだよ。自分の命だけ惜しいとかぬかすな！」

「…………」

「ネテシアから離脱した勇者はできる限り保護するようにも言われている。離脱して盗賊などするヤツは殺す。言っておくが日本に帰る術はない。創造神様に確認済みだ」

「か、帰れないのかよ。どうすんだよ。これから……」

「アツシ！　お前はネテシアから離脱した勇者だ。ここにいれば良い。俺がお前を手助けしてやる。まずはここロマンティアで自分の立ち位置を作ることだ。幸い国王と宰相にはお前が勇者であることが知られた。お前がこの国で功績を上げれば貴族に取り立ててくれるだろう。国王と宰相は俺が創造神の使徒であることも知っている。俺を無視して侵略戦争など始めたら、どうなるかわかっていると思う」

「き、貴族か……」

「ああ、俺も此処に召喚されてから七一日目で男爵になった。お前にもチャンスはあるだろう。今回の盗賊の町の制圧を足がかりにしろ」

「そ、そうだ。そうだよな」

「俺は付与魔法を使うことができる。【転移魔法】、【飛行魔法】、【隠蔽】に【擬装】、【透明化】と便利なスキルをお前に付与する。少し時間がかかるが強くなるためだ。背中を向けてくれ」

「わかった。やってくれ!」

《Side　アツシ＝マエジマ》

一〇分後
「終わった。自分を鑑定して見てくれ」

オレは言われるまま自分を鑑定する。

【水魔法】、【風魔法】、【氷魔法】、【雷魔法】、【回復魔法】、【飛行魔法】、【転移魔法】、【エリアサーチ】、【隠蔽】、【擬装】、【透明化】、【リフレクター】に【再生】、【結界】。

信じられん! こんなに! これが使徒の力か。

あ、創造神の加護が付いた……。

やれる。これならやれる。日本に帰れないならヨシミの言う通り貴族を目指す。

「どうだ? 俺からのプレゼント」

「ああ、サンキュ! 俺ガンバルよ!」

「あと、冒険者登録な! 一〇〇万ネラやるから取りあえずアイテムボックスに入れておけ。冒険者カードはキャッシュカードにもなる。作ったらそっちに移せ」

「ああ、重ね重ねスマン」

「じゃー部屋に戻る。おやすみ」

「ああ、おやすみ」

《Ｓｉｄｅ　ヨシミ＝ヨシイ＝トヨトミ》

俺は【転移】でアツシの部屋から自分の部屋へ飛ぶ。
単純だな。仕方がないか。
俺と違ってホントの一六才だもんな。

①元の世界に戻れないことがわかり不安になる。
②どうしていいかわからないようなのでひとつの目標を指し示す。
③示した目標に向け、第一歩を踏み出せるようにスキルを付与する。
④やる気を引き出すことができた。（ｎｏｗ！）
⑤戦略、戦術は此方で考えて、単純戦闘にて活躍の場を設ける。
⑥活躍させる。活躍させることで自信を付けさせる。
⑦犯罪者やテロリストにならないように導く。
⑧自らの意思で俺の陣営にいるように仕向け、敵対させない。

狡いな。乙女ゲームかよ。
はぁ〜、とりあえず、この順番でアツシを攻略するか。

【第五話　ラッセ男爵】

《異世界転移七六日目　夜　Ｓｉｄｅ　クロイス＝ゼン＝アッシュホード》

お父様が城からお戻りになられた。

メイドを通して食堂に来るようお父様に言われる。

お母様から聞いたとおりメントヒルの盗賊の町の討伐についてだろうか。

食堂に着くとお母様、マルス、クララ、ヨシミ義兄さんに一五、六才の茶髪の男がいた。

「先ほど登城し、陛下よりメントヒルの東に存在する盗賊の町制圧の勅令を頂いた。貴族子女の密売ルートの疑いもあり、当家単独の制圧となる。今回の制圧をクロイスの初陣とし補佐としてトヨトミ男爵とローゼンをあてる。私はセフィル城にて後方支援と、誘拐されていた貴族子弟の対応にあたる。クロイス！　軍の運用はローゼンがする。トヨトミ男爵はお前の警護と補佐をしてくれる。二人の助言を良く聞くのだ」

僕が総大将!?　お父様は行かないのか。

「わ、わかりました。お父様」

「戦い勇んでもダメですが気負ってもダメです。平常心です。私がサポートします。大丈夫です。秘密兵器もありますから」

ヨシミ義兄さんは言う。秘密兵器ってあの男？

「任せろ！　俺が全部倒してやる！」

そう言うと茶髪の男が『ニッ！』と笑う。

どっからそんな自信がくるのだろう？　僕もそうなりたいよ。

「明日、朝食後セフィルに転移しローゼンも交え軍の運用を決める。クロイスは部屋に戻りなさい。マルスは学園に手続きを頼む。トヨトミ男爵と話をしたい。屋敷の者は席をはずしてくれ」

僕はメイドに促され食堂を出る。

「クロイス！　明日に備えて良く眠るのです。トヨトミ男爵の助言を良く聞くのですよ」

「わかりましたお母様。お休みなさい」

「お休みなさい」

部屋に着くとメイドを下がらせ自分でパジャマに着替える。

学園に通うようになり自分ですることにしたのだ。

学園では辺境伯の息子ということもあって、表立って僕をイジメる者はいない。

ただ一人を除いてだ。

義母のミーナ様のご実家ミシガン伯の次男ロズウェルは、事あるごとに勝負を挑んでくる。

負けると汚い言葉で罵るのだ。

一度、お母様を侮辱され殴ったらボコボコに蹴られた。アイツ、顔だとばれるから身体を狙ってくる。

ヨシミ義兄さんから授かった魔法はまだ練習中だ。

お母様が連れてきた魔法使いは三つの属性魔法と回復魔法の使い手だった。

四つの魔法を使えることを自慢するヤツで鼻持ちならなかったが、下手にでて教わっている。

土魔法と飛行魔法、転移魔法はアンゼ姉様にコツを教わった。

地味な土魔法がかなり狩りに使えることをアンゼ姉様から聞いた。

魔の森での狩りの話はとても面白い。

明日、僕は戦場に立つ。横にはヨシミ義兄さんがいる。落ち着いてやれば大丈夫だ。

……たぶん。

《異世界転移七七日目　朝　Ｓｉｄｅ　アッシュホード辺境伯》

朝一番に王城より書状が届いた。

内容は貴族子女の誘拐の黒幕の捕縛と、盗賊の町の制圧命令である。

「リアド士爵か……」

リアド士爵領は辺境伯領の東隣で三代前の当主がスタンピードでの活躍が認められ叙爵したまだ新しい家である。

『コン、コン』

ノックをする音がする。

「カリス様、ヨシミです」

「ヨシミ君か、入ってくれ」

ヨシミ君は入って来たドアを丁寧に閉める。

「どうしたのかね？」

「今朝、国王より勅令書が届きました。転移門の調査とできれば転移門を使って『転移先の調査をせよ』とのことです」

彼はそう言うと私に勅令書を手渡す。

王国魔法騎士団副団長アラン＝ディ＝ロイドの同行調査とある。

副団長アランは直接セフィル城に向かうらしい。

「わかった。クロイスを呼ぶ。セフィル城へ送ってくれないか」

「承知しました」

クロイスが執務室に現れたのですぐにセフィル城に飛んでもらう。

リアド士爵の捕縛と盗賊の町の制圧か。

今日はローゼンと軍の運用について詰めることになる。

セフィル城に着くと執務室のドアを開け、メイドを見つけ言付ける。

「ハゾスに言ってローゼンを執務室に来させるよう伝えてくれ」

《異世界転移七七日目　午後　Ｓｉｄｅ　ヨシミ＝ヨシイ＝トヨトミ》

王国魔法騎士団副団長アランを交えた軍議がすんだ。

辺境伯に断って、セリスの転移魔法でラッセ男爵に会いに行くことにした。

ダッパに降り立つと騎士団は今まさに出発しようとするところだった。

俺はセリスと副兵士長のスミスに貴族子女誘拐について話した。

「まことですか……」

スミスは残念そうだ。

「リアド家はラッセ家と親交がありました。残念です」

セリスはリアド家の子女を心配しているようだ。

「今回の盗賊の町の制圧は辺境伯ご子息クロイス様が総大将。補佐はローゼン団長です。自分も勅令で盗賊の町に行くことになりました。個人的にこれ以上ラッセ男爵をお待たせできない。セリス嬢の転移魔法で一度アシベに飛びたく存じます。すぐにダッパに戻りスミス殿騎士団を僕の転移魔法でアシベに送ろうと思います。僕の転移魔法なら一度に一二名を運べます。馬車はアイテムボックスに入るので安心してください」

「わかりました。お迎えを待っております」

スミスは急ぎであることを察してくれた。

俺はセリスに男爵邸前に転移してもらうとすぐにスミス達を拾いに行った。

セリスにはその間にラッセ男爵に事情を説明してもらう。

《Side　カトル＝エイハブ＝ラッセ男爵》

セリスが帰ってきた。

少し大人びた感じがする。この一ヶ月大変だったのだろう。

トヨトミ男爵がいないことを聞くと想像もしえないことを聞かされる。

ベッカムのヤツ、馬鹿なことしやがる。羽振りが良いのはそういうことか。

秘密の港か。うちで探して押さえるか？

いや止めておこう。うちの関与も疑われているはず。

秘密の港を押さえれば証拠隠滅に動いたとも捉えられかねない。

ここは大人しく見送るのが『吉』。

「スミス＝ビッター！　トヨトミ男爵をお連れ致しました」

来たか！

セリスのお眼鏡にかなった男。辺境伯もベタ惚れと聞く。どんな男か楽しみだ。

通された男は黒髪黒眼で童顔の男だった。

「お初にお目にかかります。ヨシミ＝ヨシイ＝トヨトミと申します。陛下より男爵を最近賜りました。領地は南の魔の森一帯です。開発の仕事を賜ったと考えております。ご協力のほどよろしくお願いいたします」

そう言うと握り手の付いた金属の箱と宝石箱をアイテムボックスから出し差し出す。

「こちらは魔道具でございます」

執事のセバスチャンが受け取った。

「おお、これはかたじけない。ところで中身は何かな？」

「はい。私が作りました護身用の各種魔法を付与しました指輪と首飾り、腕輪にございます。私は魔法式、付与魔法、鍛冶錬金と高いレベルにあります。まず、『エメラルドの首飾り』と『エメラルドの腕輪』は結界の付与と病気にならないスキル『無病息災』を付与しています。エメラルドの指輪にはエアーカッター。サファイアの指輪にはフリージングアロー。ルビーの指輪にはファイアーボール。ダイヤモンドの指輪にはサンダーブレイクを付与しています。それぞれにアイテムボックスの機能として一二畳、もちろん指のサイズに合わせて自動調整されます。鑑定をかけて確かめられても構いません。品は違いますが辺境伯様にも同レベルの物をプレゼントいたしました」

む〜、この私が鑑定持ちとわかっているようだ。なら堂々と鑑定させてもらう。

……おいおい！　マジだ！　本物だ！

『結界と無病息災』の首飾りと腕輪は国宝級だぞ！

どうする！　有り得ない！　指輪も一級品だ！　この男は名工か！

「ふ、ふははは！　凄い、凄いぞ！　ヨシミ君！　君は歴史に名を残す名工だ！　話は聞いている！　俺は貴族にして商人だ！　いくら貴族になったからとて才能のない者にセリスはやらん。絶対にな！　君なら任せられる！　セリスを幸せにしてやってくれ！」

「ありがとうございます！　必ず幸せにいたします！」

彼は大声で返事をすると深々と頭を下げた。感じのいい男だ。

なるほど、カリス辺境伯が好きになりそうなタイプの男だ。

この男は出世する。

俺のカンがそう告げる。

この男に付けけば、俺にチャンスが回って来るだろう。

《異世界転移七七日目　夜　Ｓｉｄｅ　ヨシミ＝ヨシイ＝トヨトミ》

晩餐は、さすが沿海の街を持つ貴族ということもあって魚料理が並ぶ。

日本ではあまり好きでなかった魚料理が、こんなにも美味しい物なのかと涙が出そうになる。

思えば転移して山で川魚を焼いて食べた後は肉ばかりを食べていたな。

晩餐はラッセ男爵、夫人のフローラ、嫡男のクリス、長女のティファーナ、次女のセリス、三女のシンディア、そして俺である。

ラッセ男爵は三八歳で商人というより、船乗りのような引き締まった身体をしており精悍な感じを受ける。

婦人のフローラも四人も子供を生んだとは思えないほど腰が細く、年齢より若く見える。

嫡男のクリスはまだ一三歳だが、兵士長のルーカスを伴ってエジュルダンジョンに潜り姉を探す行動派だ。

長女のティファーナは二〇歳で腰まで金髪を伸ばしている。

三女のシンディアは一〇歳で魔法学園の一年生だ。学園は夏休みだ。

「はは、ヨシミ君は魚料理が気に入ったようだね」

「ええ、自分の国は南北に長い島国でした。魚はよく食べていました。こちらに来てからは肉料理が主で魚料理を口にする機会がありませんでした」

「そうか！　それはよかった。南の魔の森の開発はどのように進めるのかね？」

「ニース士爵領との領境から南に馬車で一日の所に最初の町を造ります。私の土魔法はレベル１０と極めているので、クリエイトハウスとロックウォールを駆使して早急に開発拠点となる町を造ります。次に南の海を目指して町と街道を造り伸ばしていくつもりです。海に抜けたら結界を張った港町を造ります」

「壮大な計画ね。先に寿命がつきてしまうわ」

長女のティファーナ言う。

「今は言えませんがそれを数年で可能にする方法があります。故に陛下より彼の地を賜ったのです」

「う〜む。極秘か⁉　国家計画ではおいそれと言えないのは仕方がないか」

ラッセ男爵は思案顔、ティファーナは睨んでいる。

面倒だな、話を変えるか。

「お食事を頂きましたらセフィル城に戻ります。勅命により王国魔法士団副長のアラン殿と転移門の調査に同行することになっているので」

「そうか、それは残念だ。夜遅くまで語りたかったのだが仕方がない」

はは、一晩中捕まるところだった。

「あと、ラッセ男爵とセリス嬢には陛下より話してよいと許可を得ていることがあります。お食事後、時間をいただけないでしょうか」

「陛下が⁉　わかった。一時間後、私の執務室で聞こう」

「ありがとうございます」

一時間後
メイドに案内されラッセ男爵の執務室の前に立つ。

『コン、コン』

案内してくれたメイドがノックして「トヨトミ男爵をお連れ致しました」と告げた。

「入っていただけ」

ラッセ男爵からの返事がありメイドがドアを開け中に入った。

セリスはすでに来ている。

「ラッセ男爵、申し訳ないのですが結界を張ります」

「わかった。やってくれ」

一瞬、パッ！　と部屋が光る。執務室を結界が覆う。

ラッセ男爵はセリスを自分の横へ座るように促し俺には対面のソファへ座るように促した。

「まずは、僕のステータスを見てください。話はその後にします」

手っ取り早く説明するためにステータスを開示することにした。

「創造神の使徒……なるほど。なるほどな！」

ラッセ男爵は口角をあげ、財宝を探しあてた冒険者のように笑う。

セリスも驚愕だったのか、言葉もなく驚いている。

「セリス、僕は君と一緒にいたい。僕と結婚してくれ」

「それ二度目ですよ。人であろうと神の使いであろうと私はヨシミ様を愛しています。もちろんＯＫです」

セリスは微笑む。この笑顔、いい。やっぱりセリスはいい。

「ありがとう。愛している」

「ラッセ男爵、僕はセリスと共に楽しい時も悲しい時も共に分かち合い人生を過ごしたく思います。セリスを僕にください。幸せにしてみせます」

「ヨシミ君、わかった。セリスを幸せにしてやってくれ。君にはその力がある」

「ありがとうございます！」

「お父様ありがとう」

セリスは目を擦りながら礼を言う。

その後、ネテシアの勇者について話をする。

発見された盗賊の町の転移門が生きており一人の勇者がベネレクッス大迷宮から盗賊の町へと飛ばされたことを話す。

盗賊の町の転移門を調査し、ネテシアに転移可能ならネテシアの勇者を従属させ連れ帰る。その後、勅令に従い転移門を破壊することを告げる。

「連れ帰った勇者は南の森の開発を手伝わせるつもりです。この話は他言無用です」

「勇者を開拓民として使うつもりか。一級品の戦力だろ」

「長い間、戦争のない国から召喚されたのです。戦う力はあっても戦う心があるかは別です。まして人間となると無理でしょう」

「勇者で開拓か。南の魔の森の開発は成功が決まったようなものだな。うちから資材を送ろう。それからネテシアが周辺国相手に戦争か。こっちは、どうやって儲けにつなげようか。ふふ、考えるだけで楽しい」

ラッセ男爵は悪い顔で笑う。

ラッセ男爵の商人としての面が垣間見えた。

【第六話　盗賊の町午前　異世界転移七九日目】

ただいまセフィル城から盗賊の町の入口（洞窟）がある森に辺境騎士団をピストンで転移輸送している。

ピストンを繰り返すこと一〇往復、一二〇人を運んだ。

ちんたら行軍なんてしていた日には情報が流れて盗賊共が逃げちゃうからだ。

さすがに、こんなに転移を繰り返したことはない。

魔力はマジックポーションもあることから大丈夫なのだが、車酔いならぬ転移酔いで岩に腰かけ水を飲んで一息ついている。

もう、二度とやらん。

……帰りの便もあるか……はぁ〜あぁ。

事前の打ち合わせで、抵抗しない者と女子供は殺さないことになっている。

「奴隷落ちなら俺が新しく造る町の住人にしてもいいんじゃね？」

と、いう考えで陛下にお願いしたら了承してくれた。

労働の対価として給金は出すつもりだし衣食住も補填するぞ。

社員食堂にユニホーム、社宅。

言い換えてみたら会社みたいだな。終身雇用制とかいったら恐いな。

自分自身を買い取れるようにして、五年とかの期間で解放するか。

う〜〜ん、俺の奴隷として俺の庇護下を望むヤツも出てくるかも。

そうなら一年契約とかしてだな……やっぱ二年か？

う〜〜む。

転移酔いも治ったし、また後で考えよう。ラッセ男爵が詳しいかもしれん。

さて、仕事、仕事。

俺は辺り一面にエリアサーチをかける。

赤丸が多数沿岸にいる。白丸もいる。ヤバイ出荷だ！

「クロイス様！　ローゼン殿！　大変です！　今まさに貴族子女が外国に売り飛ばされんとしています。場所はこの森を抜けた先の海岸です！」

「お義兄様！　本当ですか！　ローゼン！　早く出陣を!!」

「クロイス様、少しお待ちを。今、騎士を……」

「ローゼン殿!! それでは遅い！ クロイス様と私の部下だけで充分!!」

「しかし、それではクロイス様が危険……」

「ローゼン殿！ クロイス様が直接貴族子女をお助けしたほうがいいのです！ 手柄を誇張するためにも少人数のほうが尚いい！ クロイス様は私の指示通り遠方から魔法攻撃してください。ローゼン殿は二個分隊を率いて来てください。あと辺境伯旗を一本貸してください」

「わかりましたお義兄様！」

「うむ、了解した。くれぐれもクロイス様を頼みましたぞ」

「アツシ！ アリス！ シルビア！ 行くぞ！ 先行はアツシとアリス！ シルビアは旗を持て！ 全員飛行魔法で空から出陣だ!!」

俺は不慣れなクロイスの手を引きながら大空に舞う。

「クロイス様、まず船が出ないようにロックウォールで海側を封鎖します。ロックウォールはできますか？」

「できますが海の中からですか？ 魔力がもつか？ あと、どれくらいの高さにすればいいのか？」

「海底から立ち上がり海面から五メートルぐらいの高さになるよう想像してください。厚さは一メートル。魔力は私が補助します。必ずできます」

「わかりました。海底より立ち上がりし石壁よ。海面より五メートルの高さとなり敵の逃走を阻め！ ロックウォール!!」

俺はクロイスの左手を握り魔力を送り込む。厚さ一メートルの石の壁は海面を割って着岸した船より四メートル外海側に立ち上がる。

よし！ いいぞ！

「五メートル立ち上がった。硬くなるよう想像して！」

「はぁ、はぁ、………硬くしました」

「次は『我はクロイス＝ゼン＝アッシュホード！　盗賊の町は我が軍が占拠した！　大人しく投降せよ！』です」

「へえ？　あ、ああ、わかりました。我はクロイス＝ゼン＝アッシュホード！　盗賊の町は我が軍が占拠した！　大人しく投降せよ！」

クロイスが大声で叫ぶと、下にいる荒くれ者と商人らしき者が見上げてくる。

「シルビア、旗を大きく振れ！」

シルビアは小さい身体をいっぱいに使って旗を大きく振る。

さあ、仕かけて来い。

「へぇ！　ガキじゃねぇか！」

「五人ばかりで何ができるってんだ。ああ？」

「舐めてんじゃねぇぞ！　ガキ！」

「かかって来いやぁ～ぶっ殺してやる！」

うわ～、偏差値低そー。

「次は『アツシ！　アリス！　懲らしめておやりなさい！』です。アツシ、アリスはそれで突入！　逃がさないように！」

「OK！　任せろ！　二度とふざけた口開けねぇようにしてやる！　糞蛆虫共が‼」

アツシ、お前も口汚いな。

「え、では。アツシ！　アリス！　懲らしめておやりなさい！」

アツシとアリスは急降下、三〇人の荒くれ者共の中に降り立つ。

「ケッ！　ガキが！」

「ひゅう♪　そっちのメスエルフは頂きだ！　二穴使って可愛がってやろうぜ！」

「「ゲェへへへ」」

汚い言葉で煽られアリスの『斬の拳銃』を握る手に力が入る。

その眼に憎しみが燃える。

「はぁ～？　テメーなんつった？　なんつったって聞いてんだよ!!　蛆虫野郎が!!　ギタンギタンにぶっ殺してやんよ！！！！」

アッシは煽られ、さらに激昂する。

【縮地】で飛び出したアッシはリーダー格のモヒカン禿げに真空飛び膝蹴りをぶちかます。

「ぐおおおぉぉーーー!!」

ワイヤーアクションのようにぶっ飛ぶ。

「テメー！　よくもやりやがったな!!　もう容赦しねぇ!!」

それが合図となり大乱闘が始まった。

巧みにかわし大腿部を撃ち抜くアリスに比べ、魔法剣士のくせに剣も魔法も使わず、ただ二つのコブシと蹴りで挑む野人アッシ。

斬り付けられようとも矢を射られようとも魔法が飛んでこようともかわし、倒した盗賊を盾に殴る蹴るを続ける。

ステータスからではわからない強さを見せるアッシ。

腐っても勇者か。こりゃローゼン来る前に終わっちゃうな。

俺は『斬の拳銃』をクロイスに手渡す。

「これは魔法銃です。カリス様に献上した物と同じ物です。クロイス様にもプレゼントいたします」

クロイスの魔力はロックウォールの使用でわずかなので護身用だ。

『相手に向かって引金を引くだけ』と簡単な説明をする。

クロイスは父辺境伯と同じ物と聞き嬉しそうだ。

「大体おさまりましたね。降りて貴族子女をねぎらう言葉をかけてください。そうですね、『もう安心です。我が軍もじきにここに来ます』といってシチューと水を配りましょうか。シチューと水は私が用意し持ってきています」

下に降りると奇跡的に一人も殺すことなく叩きのめしたようだ。

地面に這い蹲る荒くれ共。その様は干乾びて死んでいるミミズを連想させた。

「待て！　待ってくれ！　ワシはトルク伯爵と面識のあるパプティー商会の者だ！　この扱いただでは済まさないぞ！」

バカがいるぞ。

「クロイス様、今この商人とおぼしき者がトルク伯爵との面識を匂わしましたぞ。これはぜひ王都に連れて行きましょう。ああ、商人？　我々は陛下の勅命で動いている。申し開きは王都で聞いてやる。安心するがいい」

商人らしき男は顔面蒼白で震えだした。

「クロイス様」

「ああ、もう安心です。我が軍もじきにここに来ます。シチューと水をお配りいたします。ゆっくり召し上がってください」

俺はインベントリからシチューの入った寸胴を出し器に盛ると、アリスとシルビアに水と一緒に配らせる。

アツシも進んで配っている。

ほどなくしてローゼン率いる辺境伯軍が到着し、盗賊と思わしき荒くれ者を引き渡す。

ローゼンには先ほどバカ商人が口にしたことを伝えると厳しい顔で商人を睨む。

ついでに貴族子女の方々も聞いていた。と付け足しておいた。

「あぁ〜〜腹減った」

アツシが言う。

そら減るだろ！　全身使って大立ち回り。あんだけ動けば二、三キロ痩せたろう。

もう一つシチューの入った寸胴を出し、騎士達にも振舞う。

配り終わるとアツシ、アリスも座って食べ始める。

一息ついたので元いた拠点に戻る行軍に移った。

三〇人の荒くれ者が数珠繋ぎに引っ張られて行く。

アニメですら見ることのできない光景だ。

俺はクロイスに『斬の拳銃』の使い方をあらためて説明しているとアツシも拳銃が欲しいと言いだした。

「な！　俺にもソレくれよ！」

「お前は魔法も剣技もあるから要らないだろう？」

「昔さ、マグナムを持った刑事がさ、バンバン撃ち殺す映画があってよ。容赦なく悪を殺す正義のヒーロー、無敵のヒーローって感じでカッコイイ良くってよ！　銃はロマンだぜ！」

聞けば「ロマンだ」と言う。

あの乱闘がロマンの具現なのか？

実際良く働いてくれたし悦に入っているところを削ぐのもなんだ。

ラッセ男爵のプレゼントとして作ったがボツにした『黒の拳銃』をくれてやる。

大喜びだ。

子供かよ。

その後、貴族子女を転移魔法でセフィル城に送り届ける。

また往復ピストンだ。はは。はぁ～あ。

午後は盗賊の町に乗り込んで制圧だ。

何人、何回ピストン輸送することになることやら。

【 第七話　盗賊の町午後　異世界転移七九日目 】

貴族子女の方々とバカ商人（仮）をセフィル城に運び終え、いよいよ盗賊の町の制圧だ。

盗賊の町への入口は、最初は洞窟のようになっているが、途中から炭鉱の通路のようになる。

入口には見張り男が二人立っている。早々に首筋チョップで気絶させる。

【切断】スキルはレベル7。意識しないと首チョンパしてしまう。

雷魔法レベル1、スタン《電気ショック》は気絶させる魔法だが、どこかの大魔王曰く、『メラ○ーマではない。メ○だ』みたいな、ただのレベル1の魔法でも俺が使うと数段上の威力になってしまう恐れがある。

スタンガン作製は必要かもしれない。

炭鉱の通路のような回廊に入った。まったくの素通り。

待ち伏せや迎撃もない。

もう戦力がないのか？

それとも別働隊が外に出ているのか。

回廊出口に男が二人見張りに立っていた。

アリスが、首筋チョップで気絶させる。

外に抜けると周りを高い山で囲まれたガナンの町と変わらない規模の町が見えた。

中腹にオリンポスの神殿のような半壊した建物を中心に石造りの家が並ぶ。

子供達は走り回り、洗濯籠を運ぶ女や野菜を洗う女、畑に鍬をいれる男もいる。

どこにでもある農村の風景がそこにあった。

クロイスだけでなくローゼンや辺境騎士達さえ、その光景に毒気を抜かれたように見ている。

しょうがない。

「ローゼン殿！　トンネルの外と内に騎士の配置と何班かに分けて町の巡回、主要な建物の占拠をご指示ください！」

「おう、そうであった。スマン」

「アツシ！　アリス！　シルビア！　神殿の近くの大きな建物に人が集まっている。白丸も何人かいる。捕らえた人質を暴行しているかもしれん。急ぎ制圧無力化せよ！」

「いや！　それは我々が！」

と、ローゼンが言う。

「走っていては間に合いません！　転移魔法で屋根に着地！　制圧せよ！」

「おっしゃ！　任せとけ！　行くぞ！　エルフの姉ちゃん、チビッ娘！」

「私はアリス！　アリスと呼びなさい。後輩！」

「じゃあ、俺はアツシって呼んでな！」

「いいでしょう」

「私はチビッ娘ではありません。シルビアです」

「ＯＫ！　わかった。シルビアな！　俺のことは『おにーちゃん』って呼ぶんだぞ」

「わかった。おにーちゃん」

「くぅ～……よし！　おにーちゃんＯＫ！」

アツシのヤツ、何がしたい？

まあ、いいか。この先も三人で動いてもらうことになるだろうし。

「サッサと行け！」

「はいはい！　行きゃいいんだろ！」

三人は転移魔法で消え去った。まあ、大丈夫だろう。

「ダリル、お前の小隊で目ぼしい建物を調べろ！　カシム、お前の小隊で町の巡回。ダンの小隊はトンネルの内と外の警戒だ」

ローゼンの指示が飛ぶ。

口調が威圧的だ。煽ってしまったか。

さて、某有名RPGなら家々に入り家主の許可もなくタンスを開け、壺や樽を叩き壊し金や換金できる品物を奪い去るところだが、そんな乱暴なことをしなくても【探索】スキルを使えば無駄なくお宝を回収に行ける。

だが、ここで見つけた物は総て王都へ送られる。

自分のモノにならないなら探す気にもならない。

折角、国王と宰相から好印象を得ているのに、ネコババしてポイントを減らすことはない。

嫌われ役は辺境騎士に任せよう。

それより、擬人化で一〇才ぐらいの銀髪美少女になったシルビアに『ペガサス型ゴーレムに戻って馬車を引け』とは言い難い。

ゴーレムの設定に性別を付けたことが間違いだったか。

ＡＩを付けたことと性別設定で、もうゴーレムじゃないのかもしれない。

金属生命体なのか？

………。

どっちにしろ、馬車を引くゴーレムが必要だ。新たに作らねばならない。

それとも牽引式のトラックにしようか？

う〜〜ん。

《Ｓｉｄｅ　アッシ＝マエジマ》

「サッサと行け！」

「はいはい！　行きゃいいんだろ！」

俺達三人は転移魔法で目標の建物目指し飛ぶ。

オシ！　着地成功！　一〇・〇〇。他の二人は？

お、いるいる。

「なーどうする？　屋根ぶち抜いて進入するか？」

まぁ、冗談だけどな。

「了解！」

とアリス。

「わかりました」

シルビアが返事をする。

「おおぉぉぉ！　ちょっと待て、お前ら！」

アリスとシルビアは空中に飛び上がると突き刺さる一本の矢のごとく屋根に向かってキックを落とす。

「「ウルトラキーーーーック!!」」

なんだと!?

「ドカーーン！」

「ドカーーン！」

けたたましいと音と共に二つの穴が開く。

やりやがった！

「くそ！」

俺は悪態をつくとアリスが開けた穴から中に飛び降りる。

◇◆

「グッへへへ～。オラ！　こっちに来い！　股おっぴろげろや！」

「痛い！　止めて！　乱暴しないで！」

「イヤーーー！　お母さん、お母さん助けてぇーーー！」

「ピーピー泣いてんじゃねぇよ。お前は親に売られたんだよ！　これからはなぁ、マ○コで稼いで、おマンマ食うんだよ」

「リナたんはお毛毛が生えているのでキレイキレイしましょうね。ウッへへへへへ」

「イヤーー！　イヤ！　イヤ!!　離して！　離してよぉ！」

「立ってねぇで横に座れ！　それともなんだ？　オレの膝の上に座るか？　入っちまうかもしんねぇけどよ！　うっはははぁ」

「オラァ！　くわえるんだよ！　歯立てたらぶん殴るからな！」

「イヤ！　臭い！　止めて！　顔に擦り付けないで！」

「うひゃひゃひゃ。いい。いいよ。その顔。サイコーだ！」

「イヤ！　止めて止めて止めて！　来ないで！　ヤダヤダヤダ！　うっ、ぐっぎぎぃ〜〜」

「うっわぁ〜、入った。僕のおチ〇ポ入ったぞ。うへへへ。キツキツだぉ〜〜」

「痛ぃ！　痛ぃ！　痛ぃ！　抜いて！　抜いて！　抜いてよぉ！」

「すぐにマ〇コにチ〇ポの味を覚えさせててやるよ」

『パァン、パァン、パァン、パァン、パァン、パァン、パァン』

「痛ぃ！　動かさないで！　死んじゃう。死んじゃう〜〜」

裸の一五歳から一〇歳ぐらいの女の子がごつい首輪を着けられ、三〇から四〇歳のキモデブ八人にいいように弄ばれていた。

その中の髭デブは黒髪少女の首輪につながった鎖を引き寄せると、幼いふくらみの先端に歯を立てる。

「イッヤーーーーーーー!!　痛ぃ！　痛ぃ!!　止めてぇ！　乳首が切れちゃう〜〜」

なんだ、コレは……。

許さねぇ。

絶対に許さねぇ!!

このド畜生共がーーーーーーーーーー!!!!

「アツシ、あいつら八人盗賊。殺人、暴行、誘拐している！　その身なりいい髭デブはリアドの息子！」

アリスが叫ぶ。

お前か。お前がリアドの息子か！

「ぶっ殺す!!」

蹴って蹴って蹴って、ひん掴まえて、殴って殴って殴って殴ってボコボコにしてやる!!

生きていることを後悔させてやる!!

『ドッガーン！』

髭デブをぶん殴るとスッ飛んでテーブル席に突っ込んだ。

テーブルも椅子も粉々だ。

「……痛！　テメー！　こんなマネし…」

「うるせぇよ！　ボケェ！　死にさらせ！」

「オラァ！　オラオラオラオラオラオラ!!」

顔面をボコボコに殴る。

「オラァ!!」

中段蹴りを鳩尾ぶっ込む。ワイヤーアクションのようにカッ飛ぶ。

『バァーン！』

髭デブは壁に背中をモロにぶつけ腹這いに倒れた。

動かねぇ。チッ！　気絶しやがったか！　クソ畜生が、もう終わりかよ！

アリスはキモデブの胸ぐらを掴むと、何度も往復ビンタをかます。

「お前のようなヤツが！　お前のようなヤツがいるから！」

その顔はパンパンに腫れ鼻は曲がり鼻血でグジョグジョ。

シルビアはキモデブの鳩尾に機関銃のような高速ラッシュパンチを叩き込んでいる。

外に逃げだそうとしている盗賊が眼にはいったのか、シルビアは斧を投げつける。

「ぐわぁぁぁー！」

右の肩甲骨に突き刺さりぶっ倒れる。床に赤い水溜りを広げる。

八人のキモデブは半殺しで床に転がっている。ものの二分の出来事だ。

とりあえずコイツらの上着にクリーンをかけ裸の少女達に渡そう。

シルビアの斧を受け床で血溜りを作っているヤツにはヒールをかけとく。

死人を出さないほうがいいだろうからな。

壁には血飛沫が飛び床には血溜り、テーブルと椅子は粉々で半殺しの盗賊は血まみれ。

このままだと怒られそうだ。

俺は髭デブが着ていたワイシャツを脱がすとクリーンをかけ乳首を噛まれた黒髪少女に渡す。

黒髪の少女は眼が青く、異世界で見てきた美少女の中で一段上の美少女だった。

白人種だ。今さら気が付く。

「助けていただきありがとうございます」

ワイシャツで胸元を隠し、涙で濡れた顔で精いっぱいの笑顔を作り、お礼を言う。

「いいって」

オレは、かける言葉が見つからず、彼女の頭を軽くなでた。

《Ｓｉｄｅ　ヨシミ＝ヨシイ＝トヨトミ》

偽オリンポスの隣の建物は屋根に二つの穴が開き、壁にも穴が開いていた。

テーブル、椅子は粉々。壁に血飛沫、床に血溜り。

これじゃあ、どっちが盗賊かわからない。

床に転がる血まみれの半裸のキモデブ。

一箇所に身を集め寄り添うワイシャツ美少女達。

だいたいわかった。

「アツシ、アリス、シルビア良くやった」

ん？　怒られるかもしれないと思ったのかホッとしている。

「その髭デブ、リアドの息子だってよ」

アツシが言う。

ほうー、コレはコレは。

「コイツも王都行きだな」

キモデブのワイシャツではブカブカでよろしくない。他の少女も可哀想だ。

ん〜〜パンツは今後に備えておくか。

取りあえず創造魔法でブルマを八つ作る。

創造ポイントは貯まりっぱなしなのでブルマ八つなど微々たるものだ。

後はアイテムボックスから布のズボン、布の服、皮の靴を八組取り出すとアリスに渡しワイシャツ美少女に渡すように言う。

さて、これで盗賊の町の制圧もほぼ完了だな。

「ご主人様」

アリスが俺を呼ぶ。

「ん、どうした？」

「胸にいくつも画鋲を刺された者、乳首が取れかかった者、脱子宮の者、股が裂けた者と酷いです」

「わかった。一人ずつ【形成】スキルと回復魔法で治す。アリスから彼女達に説明してくれ」

「はい！　ありがとうございます！」

アリスは一箇所で身を寄せ合う美少女達に膝を折り語りかけるように話しだした。

クロイス達が此処に来る前には終わらせよう。

その後で王より自分に出された勅令を遂行するか。

偽オリンポスの転移門の調査だ。

【スキャン】できれば転移門作製も可能になる。

ワクワクするな。楽しくなりそうだ。

◇◆

「アラン殿。転移門の調査をいたしましょう」

クロイス達について盗賊の町を見ていたアランに話しかける。

「そうですね。制圧も終わりでしょうし！」

俺もワクワクしているからわかる。コイツも未知の魔法技術に期待が高まっているのだろう。

「お義兄様、調査の前に彼女達とそこの盗賊の輩を搬送してください」

お前、早く転移魔法のレベルをあげろよ。

はぁ～、はいはい。運びますよ。

【第八話　盗賊の町午後　転移門】

ローゼンに頼みアッシはクロイスの警護につけた。

アリスとシルビアはセフィル城に帰した。

シルビアの馬としての運用は諦めた。

辺境伯のカリス様に書状を書きメイドの研修をさせてもらうようお願いをする。

ライトノベルでよくある『実はこのメイド、ムチャクチャ強いんです』を実装すべく、メイドの修行をさせる。

リアドの息子や中年クズ共に弄ばれていた少女達は、口減らしに親に売られた者や町で誘拐された者、働き口を求めて出てきて騙された者といろいろだが、全員が奴隷に貶められた平民美少女だった。

リアドの息子や中年クズ共の所有物になっているので、王都に送られ査定される前に確保すべく、アーレフ宰相に『肉体的苦痛と精神的虐待のため情緒不安定で商品にならない』と一筆加え、セフィル城に留め、自分が引き取り療養させたいと書状を出した。

盗賊の町の住人が俺の奴隷として下賜されることからも、彼女達も俺の奴隷として下賜されるだろう。

アリスには、弄ばれていた少女達の心のケアを中心に世話役をするように言い付けている。

◇
◆

王国魔法士団副団長のアランと偽オリンポス神殿にやって来た。

偽オリンポスとか名付けているが巨石柱が何本も並び巨大な石の屋根を支える巨石柱神殿だ。

巨石柱の何本かは達磨落としのごとく崩れ倒れている。屋根は無事のようだ。

中に入ると一片総てが同じ大きさの石畳が破損もなくきれいに敷かれている。

これだけ広い空間にもかかわらず何も置かれていない。

昔、アニメで見たセイ〇ト聖〇の一二宮を思い出す。

奥に守護セイ〇トが待ち構えているのを想像してしまう。

神殿の中を半分進んだ所で六本の石柱に守られるようにミステリーサークルのような魔方陣が現れた。

傍らに二メートルの石版と一メートル高で一辺三〇センチほどの石の立方体があった。

一メートル高の石の立方体の天蓋部分にはダイヤルがあり1から6に合わせる仕様のようだ。

石版に書かれている文字は古代文字らしくアランでさえ読めない。

見た感じ箇条書きのようだ。

【異世界言語】スキルを使って翻訳してみる。


行き先を選べ。
1　アッザム
2　ジャブロン
3　カイロスベリー
4　クノックス迷宮
5　ダスカル島
6　ヘブロン
選んだらダイヤルを数字に合わせろ。

転送は一〇秒後、魔方陣中央に立て。


この装置は転送装置のようだ。

クノックス迷宮はベネレクッス大迷宮のことではないだろうか。

あとの地名には見当すらつかない。

転送装置全体を【スキャン】スキルで読み取り、石柱、魔方陣、ダイヤル台と個別に【スキャン】で読み取る。

スペシャルスキルに【解析】スキルがある。【鑑定】の上位スキルだ。

【鑑定】がカンストしたので開放されたスキルだ。

今のところ、【鑑定】スキルで事足りていて出番はない。

【スキャン】で読み取ったデータは【辞書】に書き込まれ保存され閲覧できるようになる。

「アラン殿、『翻訳』スキルで、古代文字を読むことができました。行き先を選べ。①アッザム、②ジャブロン、③カイロスベリー、④クノックス迷宮、⑤ダスカル島、⑥ヘブロン。選んだらダイヤルを数字に合わせろ。転送は一〇秒後、魔方陣中央に立て。と書かれています」

「はは、そうか。そういうことか！　すごい！　すごいよ！　これは転送装置なのか！　素晴らしい！　素晴らしいぞ!!」

「アラン殿、落ち着いてください。肝心の魔方陣の解読は失敗しました。受信装置があるはずです。そっちの調査と破壊があります。奥に行きましょう」

「そ、そうだ。送る装置があるのだ。受け取る装置もあるはずだ」

俺達はさらに奥に進む。見えてきた。

今度はミステリーサークルのような魔方陣の外には石柱は一本しかない。

この石柱にも意味があるようだ。

【スキャン】を発動してデータを読み取り【辞書】に書き込み保存。

石柱の古代文字を【異世界言語】で読む。

〝ロレンティヒィス〟

ココは〝ロレンティヒィス〟という町だったようだ。

「翻訳、ロレンティヒィス。魔方陣の解読は失敗。この町はロレンティヒィスというそうですよ。これより受信装置の破壊を行います」

「ちょ、ちょっと待ってくれ！　これほどの装置を破壊!?　破壊だと？　君はバカなのか？　今の技術では再現できないのだぞ！　破壊は許さん!!」

「アラン殿。落ち着いてください。これは勅命です。こちらに書状もあります。逆らえば一族郎党死刑になることもありますよ。破壊です。反論はありません」

「うぅ～、しかし、これほどの宝を……みすみす……しかし私のせいで家族が……君だって魔術士として
……」

「受信塔とおぼしき石柱を排除します」

石柱をアイテムボックスに収納する。

これを見ていたアランも一部品がないと動かない馬車と同じ意味と捉えたようだ。

先ほどより落ち着いた顔をしている。

あとで見せてもらうつもりのようだが、バカ呼ばわりしたので絶対に見せない。

絶対にだ。

さて、勅命その二を遂行するか。

転送先の調査だ。再び転送機に向かう。

どうやら〝勅命〟という言葉でアランは無口になってしまったようだ。

クノックス迷宮はベネレクッス大迷宮のことで間違いないかチェックする。

クノックス迷宮を【辞書】検索し古代地図を手もとに創造。

現代地図も手もとに創造し【ベネレクッス大迷宮】の位置と見比べる。

う～ん、だいたい合っているかな？

「何をしているのだ。まだ何か勅令があるのか？」

と、不審顔で訊ねてくる。

「アラン殿、先ほどの受信装置の破壊は他国の侵略を防ぐものです。軍隊を無限に送り込まれないようにする国防対策なのですよ。アラン殿や私は転移魔法を使います。使わない人々にしてみればいつでもどこでも現れる私達は恐怖の対象です。破格の対応や地位は忠誠心を持たせるための飴。裏切らないように監視が常

に目を光らせていると思ってください」

「な、なんだと!?　いや、しかし……」

言葉途中で黙り込む。

事情を知らないアランにしてみれば、いくら王女を救い出したとはいえすぐに男爵になり領地を下賜された俺は異常な出世だ。

先ほどの話に信憑性を持つだろう。

まあ、とっさに作ったウソ話だけど本当にあるかもしれない。

「さきほどのアラン殿の質問に答えます。『可能なら転移先の様子を探って来い』というものです。まさか複数あるとは思っていませんでした」

さて、ベネレクッス大迷宮はネテシア王国内にある。

行って確かめるか。

「アラン殿、私は勅命によりこれよりこの転送機を使い、クノックス迷宮なるものに転移するつもりです。クノックス迷宮はネテシアのベネレクッス大迷宮ではないかという推察です。生きて帰って来るつもりですが、どれくらいかかるか不明です。アラン殿は陛下に報告に戻ってください」

「ベネレクッス大迷宮ならば迷宮攻略になる。一人で大丈夫なのか？」

「ベネレクッス大迷宮の浅い階層の未攻略な領域に出ると考えています。おそらく転送機を使って狩りや採集など冒険者のような生活を大昔のこの町の人々はしていたのではないかと思います」

「ああ、わかった。貴殿は学者や賢者の部類だな。私は王都へ報告に戻ろう」

俺はアランに頷くとダイヤルを『4』に合わせる。

一〇秒後に転送なので胡散臭いミステリーサークルの中心に慌てて立つ。

石柱の一本、おそらくクノックス迷宮と書かれた石柱が薄紫色に発光、続いて魔方陣が黄金色に輝くとフッと景色が変わった。
無事転移したようだ。
エリアサーチをかける。ベネレクッス大迷宮の三四階と表示。
どうやら思惑通りネテシアに来られたようだ。
今、紫っぽいキュービックジルコニア鉱石の花の中心に立っている。
地割れの向こうにアツシに聞いたキュービックジルコニア鉱石の花を見つけた。
あれがそうか。
俺は二つの装置を【スキャン】し情報を【辞書】に保存する。
アツシから聞いた話では転送用は花弁に触ると発動する。
注意しながら読み取り保存を行う。
さて、どうするか。地上を目指すか、谷底を降りてみるか。
アツシから訓練では四〇階層のボスクリアが目的と聞いた。
止めた。四〇階層に行くのも谷底に降りるのもなしだ。
地上を目指そう。
三〇階のボス部屋から地下一階に出る転移ポーターがあるらしい。
そいつで地上を目指すか。
もちろん転移ポーターも読み取り保存するつもりだ。
俺は東の幅四メートル、高さ五メートルの通路に入る。
天井にへばり付いた丸い照明が五メートル間隔に足元を照らす。
夜の街灯の下を歩いているような感じだな。
三四階から三三階、三二階、三一階とテクテク歩く。

途中、冒険者らしき連中とすれ違う。

「おい！　一人か!?　他のヤツはどうした!?」

人懐っこい感じのマッチョ系戦士が聞いてくる。

「ああ～ご心配なく、もともと一人です」

と、返事をすると驚かれる。

魔法使いが【鑑定】をかけてくる。

おい！　ひと言声かけろよ。失礼なヤツだな。

「うそ!?　レベル６９!!　男爵!?　C、Cランク～!?」

驚きながらも困惑しているようだ。

「おい！　うそだろうベルチェ!!」

「ほんとうよ！」

ほんとダメだな。許可なく個人情報をバラすとか、有りえないだろ。

「僕はこの強さと手柄で男爵に抜擢されました。Cランクのままなのは貴族の依頼を受けたくないからですよ」

「あ～～、そういうことか」

「お忍びで遊びに来ているので、外であっても男爵とか呼ばないでください。声をかけるんならヨシミでお願いします」

「お、おう。わかった。ヨシミな！」

俺は手を上げて冒険者達と別れた。

三一階から三〇階への階段を登るとすぐ横に緑色に輝く魔方陣があった。

一階へのテレポーターだ。

ここでも忘れずに読み込み保存をする。
テレポーターに入ると緑色の光が強く輝き一瞬で地下一階に到着。
受信装置も忘れず読み込み保存をする。
さてさて、入口では入出をチェックしているだろうか？
ココは【透明化】して外に出よう。
あーやっぱりチェックしている。
俺は入口ゲートを飛び越える。
さっきは失敗した。まず男爵を【隠蔽】しとくべきだった。
名前を変え黒髪を金髪にして目も蒼色に【擬装】する。
少し情報収集してから帰るか。

《Ｓｉｄｅ　ガガーランド第一騎士団分隊長ハイン》

三〇階のフロアボス、オーガキングを倒し三一階に降りたが魔物が一匹も出てこない。
どんどん先に進むと向こうから装備の整った少年が一人でやって来る。
「おい！　一人か!?　他のヤツはどうした!?」
思わず声をかけちまった。
ベルチェのヤツが勝手に【鑑定】をかけてしまう。
隠密行動だというのにこのバカ。
しかし鑑定の結果はレベル６９。男爵!?
見えなくなるとダンテが話し出した。

「隊長、彼もこの先の三四階層を調査していたのではないでしょうか？」

「彼、ロマンティアの男爵でしたよ」

と、ベルチェが言う。

ロマンティアがネテシアの勇者について調べているのか？

「彼、黒髪、黒眼でしたね」

と、ローフィも言う。

黒髪、黒眼。伝承に聞く勇者の特徴だ。

彼は勇者なのか？

ロマンティア王国も勇者召喚して何か企んでいるのだろうか？

【　第九話　廃棄勇者　異世界転移七九日目　】

入口ゲートを飛び越え着地と同時に【透明化】スキルをＯＦＦにする。

エジュルダンジョンは、これから潜る人と出る人をチェックするためのプレハブ小屋のような冒険者ギルドダンジョン前出張所があった。

ここベネレクッス大迷宮も入出を管理するゲートはもちろんあるが、ベネレクッス大迷宮前の大通りの両端にビッシリと出店が並んでいる。

此処は観光地か？

一軒一軒出店を覗いてまわる。

フロア地図まで売っているとは。

魔剣ね。魔法が付与されていれば魔剣なのかね。

燃える剣とか、ただの松明じゃねぇの。

スタンソード？　雷魔法レベル1のスタンか？　それってスタンガンだろ。

しかし微妙に使えるかも。鉄製か、ミスリル製なら買うのに。

とりあえず【スキャン】して持っているミスリルに魔術式を刻めばいいか。

テントの店はそれなりのモノが売っている。

そんな中、『武器・防具専門』と銘打ったテントで目が止まる。

ド○だ!!

店先に飾られた二・五メートル高のフルプレイトの甲冑が、まるっきり某公国モ○ルスーツのド○だった。

作製者は転移者か転生者に違いない。

「それ甲冑？　それともゴーレム？」

「あ～ん、興味あんのか？　両方だ。リビングアーマーってヤツよ。六○階層に出て来たヤツだってよ。迷宮を出ると『死んだように魔力を感じなくなった』って売りにきやがったんだ。引き取ったはいいが、こいつがバラけねぇときやがった。だからよ、実用品になんねぇの。屋敷の飾りか、または魔術師の研究資料ってとこよ。買わねぇか？　見たところ良いとこの坊ちゃんみてぇだし。一万でどうよ」

『見たところ良いとこの坊ちゃんみてぇだし』とか本物の坊ちゃんに言ったら手討ちにあうぞ。

「一万か、買おう」

「マジ本当か！　よし！　『今のはなし』とか言うなよ。どうやって持って帰る!?」

「アイテムボックスに入れる」

俺はそう言いつつ銀貨を渡す。

「アイテムボックスか！」

ん？　スマートフォンのような物が四つ置かれている。

「おっちゃん、コレは？」

「コイツか、こっちの二つはステータスプレートで登録したヤツのステータスを表示する。登録済みのヤツだから使えねぇな。そっちの二つもたぶんステータスプレートだと思う。壊れているって聞いたぜ」

「その四つも買おう」

「マジか！　お前変わってんな。二〇〇〇ネラな」

「はいよ。奴隷とかこの市で売っている？　一人買おうかと思うのだけど」

「坊主、ちょっとこっちへ」

親父は店の中へと手招きする。

「ここだけの話なんだが、二ヶ月前黒髪黒眼の少年少女三〇人と騎士団がベネレクッス大迷宮に挑んでいたんだ。この黒髪黒眼ってのが、召喚した勇者って話だ。ところがよ。大事故が起こりその時一七人が逃亡、六人死亡、二人が奴隷落ち、今や城にいるのは五人だけって話だぜ。近々、二度目の勇者召喚があるって噂だぜ」

六人死亡！

一七人が逃亡!?

マズイ。ネテシアさえ視ていればいいという状況ではなくなった。

それに二度目の召喚だと!?

「親父、その奴隷落ちした勇者は買えるのか？」

「みんな買いたがるが見たヤツは誰も買わない。聞いたかぎり二人共顔に酷い火傷と右腕がないらしい。日が経っているから再生するのに大金をつんでも成功するか五分五分ってことだぜ」

「構わない。親父、銀貨一枚追加だ。渡りを付けてくれたらもう一枚出そう」

「ホ、ホントですかぇ!?」

「ああ」

「す、すぐでさぁ。ちょっと店にいてくんねぇ」

親父は走って人ゴミに消えていった。

一〇分後、親父はスキンヘッドの頭に刺青をした筋肉男を連れて帰ってきた。

取りあえず銀貨を渡す。

「あ、ありがとうございます」

息も絶え絶えだ。

「お前が購入希望者か？」

「そうだ。すぐ近くなのか？」

「付いて来い」

それだけ言うと歩きだした。

「お客さん、悪いことは言わない。止めておきな。あいつら違法奴隷も扱っている」

「ありがとう。気を付けるよ」

犯罪組織な。ああ、わかった。

【リフレクター】と【結界】、【アンチスキル】を常時ＯＮに設定。

【状態異常無効】と【無病息災】で常に体調はベスト状態だ。

さあ、出方しだいで殲滅だ。

◇◆

スキンヘッドについて歩くこと一〇分。三階建ての宿屋風の建物に入った。

「ここで武器を預かる。出せ！」

受付のトサカ頭が言う。

「客に対して、その言いぐさはなんだ？　このご時勢に他人に武器を預けるバカがいるか？」

「お客さん、そういうのは困るんですよ。武器を預からせてもらえないなら帰ってくれ」

『ブッバァーン！』

案内していたスキンヘッドが上から言うので、銀グ○ック《着弾爆発型弾丸用拳銃》でカウンター後ろの壁を吹き飛ばした。

「ひ、ひぇぇ〜〜〜」

トサカ頭は尻餅をついて驚く。

そのまま銃口をスキンヘッドに向ける。

「わかったな。早く案内しろ」

スキンヘッドは両拳を握って腕がブルブル震えている。怒り心頭か？

「もう一度言う。早く案内しろ。次は自分で探す。邪魔するヤツは撃つ！」

スキンヘッドは一発逆転を狙っているな。

俺の隙を窺っている。俺を殺しに来ているな。

「ま、待ってくれ！」

お、第三者登場。と声の方向に気をとられているとスキンヘッドが突っ込んで来た。

誘ったんだよ。バカが。

『ブッバァーン！』

スキンヘッドは腹を吹き飛ばされ壁に激突、ズルズルと壁を擦り落ち床に転がる。

至近距離だったので腹はグチャグチャ。

そのまま第三者の波平ハゲに銃口を向ける。

「案内しろ」

「に、二階だ」

二階への階段を上がっていると吹き矢が飛んできた。

【ベクトル操作】により首筋に当たる前に反転、吹いたヤツに返しておく。

エアーカッターが飛んできたが、【リフレクター】により反射、放ったヤツに返っていく。

廊下を歩いていると後のドアが開き、魔法銃を持った男が狙ってきたので黒グ◯ック《通常弾丸用拳銃》で右腕を撃ち抜いてやった。

落ちている魔法銃を鑑定すると魔力を熱光線として発射するタイプだったので拾うことにした。

屈んでいると黒のロングコートを着た男がハルバートを振り下ろしてきたので左手で払い顔面に右ストレートを叩きつける。

崩れ落ちるように床にのびる。ハルバートと黒のロングコートは貰っておこう。

黒のロングコートを脱がしていると足もとにテニスボールのような玉がコロコロと床を転がって来た。

『プッ、シュウウゥゥゥーー』

玉から煙が噴出する。

ほうー。そんなモノもあるのか。ピンを抜くことでスイッチが入るのか。

煙を解析。

麻痺毒か。淡水二枚貝サキシトキシンね。

風魔法レベル1のウィンドーで吹き出しているのか。

ピンを抜いてから数秒かかるのは、ウィンドーが内部の噴出し口となる円筒管を押し上げ厚紙を破る時間か。

噴出し口が上を向くよう下に錘も入れている。

考えたのは錬金術師かな?

目からウロコだな。まぁ、俺には効かないが。

視界が悪いので自分を中心に風魔法レベル7のサイクロンを起こし煙を吹き飛ばす。

煙と一緒に俺を囲み斬りつけようとしていた輩も吹き飛ぶ。

防毒マスクか。コイツはいいものが手に入った。

落ちている刀剣に目ぼしい物はないが拾っておく。もったいないし。

波平ハゲに銃を向け早くしろと促す。

「お、お前らもういい。この方に攻撃をするな!」

波平ハゲは大声をあげる。

まったく、人数がいれば勝てると思ったのか。

レベルの足算は高レベル者には通じないんだよ。

魔物とは違うのだよ。魔物とはな。

「奴隷を見に来たんだ。くだらんことをするな」

「はい、ただいま案内いたします」

と、低身低頭で答える。

俺はおっかなびっくり案内する波平ハゲについて個室に入る。

そこは普通の客間で、清潔なダブルベッドに首輪を嵌めた二人の少女が不安気にこちらを見ていた。

『ステータス』
名前:ミユ=アヤセ
種族:人間　年齢:15才　性別:女

職業：奴隷
レベル：37
体力：2920／2920
魔力：1600／1600
幸運：C
状態：憔悴
基本スキル：棍術Lv．3　回避Lv．3　気配察知Lv．3　回復魔法Lv．3　料理Lv．1　斧術Lv．3　加速Lv．3　気配遮断Lv．3　生活魔法
レアスキル：鑑定Lv．4　遠目Lv．3　獲得経験値2倍　氷魔法Lv．2　障壁Lv．3瞬動Lv．3　夜目Lv．3　身体強化Lv．3　雷魔法Lv．2
スペシャルスキル：アイテムボックスLv．4　状態異常無効　詠唱破棄　無病息災
ユニークスキル：異世界言語
エクストラスキル：
称号：異世界人　元勇者　ナミヘイ＝インモーの奴隷
加護：女神エステェニアの加護（中）
装備：メイド服
所持品：
所持金：

『ステータス』
名前：シズカ＝ニノミヤ

種族：人間　年齢：１６才　性別：女
職業：奴隷
レベル：３７
体力：３０００／３０００
魔力：１５３０／１５３０
幸運：Ｃ
状態：憔悴
基本スキル：剣術Ｌｖ．４　回避Ｌｖ．３　全属性魔法Ｌｖ．３　生活魔法　加速Ｌｖ．４
レアスキル：鑑定Ｌｖ．４　障壁Ｌｖ．４　遠目Ｌｖ．３　獲得経験値２倍　瞬動Ｌｖ．３　金剛Ｌｖ．４　夜目Ｌｖ．３　身体強化Ｌｖ．３
スペシャルスキル：アイテムボックスＬｖ．４　状態異常無効　詠唱破棄　無病息災
体力回復（大）
ユニークスキル：異世界言語
エクストラスキル：
称号：異世界人　元勇者　ナミヘイ＝インモーの奴隷
加護：女神エステェニアの加護（中）
装備：メイド服
所持品：
所持金：

ネテシアの勇者だ。右腕が同じ箇所からない。

人意的なモノを感じる。

顔の火傷が酷いな。赤く盛り上がってケロイドになっている。

これじゃ、貴族に宛がうのも無理か。ゴミとして捨てられたな。

二人共魔法剣士だ。魔法は首輪で封じられ、剣は右腕を落とすことで封じたか。

よっぽど仕返しを恐れたな。

他に傷はなさそうだが。

着ているメイド服は清潔で部屋も掃除が行き届いている。

どうやら大事な商品として扱われているようだ。

おおかた、子袋勇者として売る算段だな。

売れなきゃ、顔に袋を被せて繁殖馬のようにし子供を売り捌くか。

俺は擬装を解く。金髪は黒髪へ、蒼い瞳は黒眼へ、偽名から本名へ。

【アンチスキル】を解除し【創造神の使徒】はレベルが37以上でないと見えないように設定する。

【隠蔽】していたステータスを顕わにする。

案内していた波平ハゲは俺の変化に明らかに動揺している。

ベッドに横になっていた二人の少女も、俺が黒髪黒眼に戻ったあたりから身を起こし抱き合って震えている。

「こんにちは綾瀬さん、二宮さん。説明するより僕を鑑定してほしい。それで七割はわかると思う」

俺を震えながら見ていた二人は瞳が大きく見開き驚いている。

「さて店主、二人を売ってもらおう。僕の鑑定は済んでいるのだろう?」

「ふ、ふたりは、どうする気ですか!?」

「私の領地で事務官として働いてもらう予定だ。まぁ、料理人として雇ってもいいし」

俺は綾瀬を見ながら言う。

「し、しかし手が……ございません。料理は無理で……」

「簡単に治る。すぐにだ」

俺は波平ハゲの言葉を遮るように言う。

「お、お金はいりません。見逃してください。違法奴隷を扱っていますが、スラムの子らを食わせるため仕方がなくやっているのです。此処にいる連中は孤児院の出の者ばかりで」

矛盾している。その正義はおかしい。

だが……。

「二人は貰っておく。資金があれば、まともに商売できんのか？　……五〇〇〇万融資してやろう。店主、俺は冒険者あがりで家臣はいない。奴隷で補充する予定だ。読み書きできる者、計算のできる者を見繕っておけ。それができたらさらに五〇〇〇万融資する。『人手がなくてできませんでした』は認めない。お前の手下も彼女二人を治してから全員治してやる」

「そ、そんなに！　は、はい。畏まりました。バカ共の治療ありがとうございます」

波平ハゲの指示で綾瀬さんと二宮さんの右の足の裏に一滴血を垂らす。

再び隷属魔法が唱えられ所有者変更が成された。

二人は俺の奴隷となった。

俺はまず、綾瀬さんから顔の火傷を治す。

かざした右手が黄金に輝き、赤爛れた皮膚を綺麗に治した。

『二重のほうが可愛いかな』という邪心が入ってしまったため二重になってしまった。

まぁ、まぁ、いいんじゃないかな。

つづいて手を再生……あかん、右胸が大きくなってしまった。

バランスが……おっぱい魔法で左も増量して……。

視線に気付き振り向くと隣の二宮さんが上目使いに俺を見詰めている。

何か言いたそうだ。

う〜〜ん、全体のバランスが………お尻もＵＰ。

型は逆ハート型が理想だな。【形成】スキルでお尻を作りあげる。

うん、まぁ、良しかな。

「あたしは、髪は肩甲骨まで伸ばして胸は大きく。くびれも欲しい。お尻も逆ハート型でＵＰで願いします」

二宮ちゃんのお願いである。この娘、いい性格している。

整形外科じゃないんだが、しょうがない。

火傷を治し右腕を再生、ご要望通り整形した。

「うひょう！　巨乳！　巨乳よ！」

二宮ちゃんは自分のオッパイを両手ですくい上げ大喜びだ。

綾瀬さんは俺好みに改造されてしまったことに顔を赤くしてモジモジしている。

んはぁ〜。初々しい反応。いい。とってもいいよ。

アンゼもセリスもなくしちゃった反応だ。

俺はそのあと、二階の廊下でのびているヤツを治療回復させ、魔法銃、ハルバート、黒コートと刀剣類を持ち主に返却した。

魔法銃は返す前に【解析】し【創造魔法】で二丁作った。

デザインはガ◯ンダムのビームライフルにした。

一階でのびているスキンヘッドが一番重傷で【再生】を使い治す。

戦闘スタイルが拳闘士だったので、お詫びに鋼のガントレット（サンダー付与）と鋼の脛当て（サンダー付与）をプレゼントすることにした。

魔力操作Ｌｖ．１も付与してやろう。

「さっきは悪かったな。このガントレットと脛当てはサンダーが付与されている。魔力を流せば使える。【魔力操作】のスキルも付けておいた。有効に使え」

俺はスキンヘッドが何か言う前に立ち上がり二階にあがる。

「すまないが、すぐに奴隷から解放することができない。理由は王侯貴族から君達を守るためだ」

二人は頷く。

「では、二週間後また来る」

そう言うと二人の手を取りセフィル城に転移した。

【　第一〇話　レグラスの思惑　異世界転移八〇日目　】

《異世界転移七九日目夜　セフィル城》

ベネレクッス大迷宮近くのナミヘイ奴隷商からセフィル城へ綾瀬さん、二宮さん二人を連れて転移した。

出迎えたのは小太りハゲのイワノフだ。コイツも俺の奴隷家臣となっている。

成り行きで奴隷にしたが、なかなかの忠犬ぶり。隷属魔法を使うので重宝している。

以前は城門前に転移したが、たびたび転移しては大人数を門前に待たせてしまうので、今は中庭が転移ポイントに決められている。

アツシ共々救出した貴族子女と出荷寸前を救出した貴族子女、裸で酌をさせられていた平民美少女達、捕縛盗賊が三七人とセフィル城も大忙しだ。

平民美少女達のほとんどが誘拐された者だったが、中には親に売られた者もいる。

彼女達に家を尋ねると戻りたくない、ここで暮らしたいと言う。

理由を聞けば、一度奴隷に落ちたものは解放されても元の村や町では差別され、親兄弟からも疎まれるらしい。

遠く離れた村や町で名前を変えて暮らすのが一番なのだそうだ。

陛下の許可を貰い次第、奴隷契約の主人を自分に書き換えて引き取ることにした。

読み書きと合わせてメイドの教育をさせるつもりだ。

そろそろ自分の町を造らなければと思う。

アリス、アツシ、シルビア、イワノフ、平民美少女を入れると一〇人を超えて伯爵家に居候している。

二週間後には増える予定もあり早急に対処が必要だ。

二人を引き連れて城内に入るとアンゼに出会った。

「二人はネテシアの勇者」

俺はアンゼの耳元で告げる。

驚いて声を出そうとする彼女に口元で人差指を立て『内緒』とサインをだす。

理解したようで大きく頷いてくれた。

「ヨシミ、城下に屋敷を購入したわ。貴族子女と使用人でもない平民の奴隷八人を一緒には置けないの」

「すまない、気を使わせてしまったね。あと一〇人ぐらいは大丈夫かな？」

「ちょっ、もう、それくらいなら。まだ増えるようなら増築して」

「ありがとう」

俺はアンゼの額にキスをする。

「アリスとシルビアは購入した屋敷にいるわ。食事はアリスが城から運んだものを食べてもらっているの」

「俺達三人の食事はできるかな？」

「食堂は混雑しているからアナタの部屋に運ばせるわ」

「ありがとう。綾瀬さん、二宮さん。こちらは僕の奥さんになるアンゼ。この城の主カリス辺境伯のご令嬢。才女だからわからないことがあれば頼って大丈夫だよ」

「は、はじめましてミユ＝アヤセです。事務官か料理人をするよう言われています。よろしくお願いいたします」

「私はシズカ＝ニノミヤ。事務官をするよう言われています。よろしくお願いいたします！」

「はじめまして。彼、ヨシミ＝ヨシイ＝トヨトミ男爵の婚約者のアンゼ＝リム＝アッシュホード。もう一人婚約者がいるけど今はここにはいないの。よろしくね。食事は言っておくから三人は部屋に行って」

「ああ、頼んだ。部屋にいく」

俺は二人を連れ自分の部屋に向った。

部屋は備え付けの家具と天蓋付きのダブルベッドが置かれている。寝るだけの部屋だ。

ソファに座るように勧め、話をすることにした。

結界は内からの音を外に漏れないように【消音】と併用した。外部の音は聞こえる仕様だ。

俺は彼女達にアッシにした話と同じ内容を伝えた。

丁度、話が一区切りした時に食事が運ばれてきたので中断して食べることにした。

そういえば俺、昼は水にシチューだった。腹減るよな。

向かいの彼女達も旨そうにステーキを食べ、ボルシチを口に運ぶ。

パンは硬いのでボルシチに漬けて食べるよう言った。

ワインが添えられていたがコップにウォーターで水を汲み渡した。

「ヨシミさんは、どうやってこの世界に来たんですか？」

綾瀬さんが聞いてきた。

「目を覚ますと何もないだだっぴろい白い部屋にいた。回りを見渡すと高校生がたくさん倒れていた。僕はライトノベルで異世界召喚、転生ものばかりを読んでいたので、この状況は勇者召喚で僕は巻き込まれたとすぐにわかったよ。このままだと城に召喚され、勇者でない俺は早々に殺されてしまうと思い神様に祈った。『チートスキルをください。お願いします。チートスキルをください。城からのスタートではなく魔物蠢く森からでもかまいません』てね。願いは通じ僕はひとり魔物蠢く森でサバイバル生活が始まった。そしてダンジョントラップで魔の森に飛ばされたアンゼ、もう一人婚約者セリスと三人で助け合い魔の森から脱出。途中、王女と公女を盗賊から救出して褒美として男爵を賜った。創造神の使徒になったのは男爵に叙される前の晩だったよ」

「じゃあ、ヨシミさんは私達の召喚に巻き込まれてこの世界に……」

「ああ、でも元の世界では底辺サラリーマンで人生を諦めていたから良かったのかな」

ひと通り食事が終わったので台車を廊下に出しておく。

俺はベネレクッス大迷宮の三四階で何がおこったか彼女達から聞くことにした。

「アツシが、アツシというのはクラスメイトの男子で若ちゃんがキュービックジルコニア鉱石を見て『素敵……』とか言うのを聞いて『俺が取ってきてやるよ！』とか格好つけて取りに行ったんですよ！　トラップがあるかもってヤゴフ団長が止めたのに！　調子に乗って！」

あーわかる。アイツらしい行動だ。

「そうしたら、アツシがキュービックジルコニア鉱石の花に触れたとたん一瞬で消え去り、一〇トントラックのような大きな黄金の牛が現れたんです。ヤゴフ団長いわくSランクの魔獣で、えーとグレイトボーン？」

「シズカちゃん、グレイティスホーン」

「そうそう、それが現れると天野君達と秋山君達が転移魔法で消え去り、残った私達で応戦、タカヤ、タケル、翔平、若ちゃん、綱ちゃんは、レイジ、連、白鳥、渋谷、鳴門の盾になって死んでしまったわ。私達も渋谷に突き飛ばされて………」

明るく話をしていたが、その後の自分達の境遇を思い出し二宮さんは顔を歪め涙を落とす。

「ああ、わかった。ありがとう」

もう戦場に立たなくていいよ。いいんだ。

荒事は別のヤツがやるから。

俺は彼女の頭をやさしく胸に抱いた。

《異世界転移八〇日目》

《Side　ロマンティア国王レグラス》

トヨトミ男爵から謁見の申し込みが来た。

謁見を許可し宰相のアーレフ同席で会うことにする。

王国魔法士団副団長のアランから盗賊の町にある転移門を使い、いずこかに転移したと報告があった。

今回の謁見は結果報告だろう。

トヨトミ男爵家臣アツシ殿によるリアド士爵の嫡男デビットの捕縛。

カリスの息子クロイス＝ゼン＝アッシュホードによって誘拐子女の購入者であるパプティー商会の者の捕縛。

聞けばパプティー商会はトルク伯爵家出入りの商会と聞く。

バーナード＝アシュム＝トルク。ヤツが真の黒幕なのか。

ならば重大な我が国への裏切り行為だ。

今回の報酬はどうする？

トヨトミ男爵は事前に優先的に盗賊の町の住人を奴隷として回すことになっている。

付け加えて、奴隷として捕まっていた平民少女を下賜してほしいと書状が届いた。

盗賊の町の住人を奴隷として、くれてやる約束をしているので、今さら八人ばかし増えたとしても変わらない。くれてやることにした。

家臣のアツシ殿は法衣騎士爵、アリス殿、シルビア殿は名誉騎士爵でいいだろう。

カリスの息子クロイスはまだ一〇歳と聞く、法衣騎士爵でいいだろう。領地は次とする。

港は魔の森の中にあることと領地の隣ということからカリスにくれてやるか。

盗賊の町は国の管理において封鎖し、管理はトヨトミ男爵にしよう。

創造神の使徒に任せるのが一番だ。

トヨトミ男爵はいずれ伯爵まで引き上げ、我が娘エミリアを降嫁《こうか》させる。

創造神の使徒に我が娘を嫁に出す。

親として最高のシチュエーションだ。現実にせねば。

それには無理にでも子爵に取り立てたい。材料はないものか。

トヨトミ男爵が登城したので第二応接室に案内させた。

聞けば黒髪黒眼の少女が二人付いて来ているそうだ。

またネテシアの勇者を従属させたのか。

これはアーレフを説得する材料に使えるかもしれない。

《Side　ヨシミ＝ヨシイ＝トヨトミ》

綾瀬さんと二宮さんを伴い三人で待っていると国王、宰相の二人だけが入って来た。

どうやらネテシアの勇者関連だと察して近衛騎士はドアの外側に待機らしい。

「座れ」

俺達は国王のひと言を聞いて座る。

「さて、トヨトミ男爵、横に座る黒髪の少女も気になるが、まずは転移門について聞こう」

「盗賊の町は古代ではロレンティヒィスと言うそうです。巨石柱でできた神殿とおぼしき建物の中には転送魔法陣と受信魔法陣がありました。転送魔法陣の操作は1から6の番号に摘みを合わせることで一〇秒後その番号の行き先に転移するものでした。私はその内の一つ、クノックス迷宮はベネレクッス大迷宮ではないかとあたりをつけ転移実験いたしました。実験は成功しベネレクッス大迷宮の地下三四階に降り立ちました。その後地上に出て情報収集を行いました。二ヶ月前にネテシアの騎士団に連れられた三〇人もの勇者が訓練としてベネレクッス大迷宮に挑んでいます。地下三四階で魔物召喚トラップによるSランク・グレイティスホーンにより、その場で一七名が逃亡、六人が死亡、二人が奴隷落ち、ネテシアには五人の勇者しかいないそうです。そして彼女達二人は酷い火傷と右腕の欠損で奴隷落ちしていた勇者で、私が購入して治しました。町ではネテシアは二度目の勇者召喚を実行するのではと噂になっています」

レグラス国王は額に手をあて『まいったな。コレは』という感じだ。

アーレフ宰相は眉間に皺がより苦い顔をしている。

「どうするのだ？」

国王が訊いてくる。

「逃亡した一七人に関してはできるだけ確保して私の領地の開発や開墾事業をしてもらう予定です。盗賊になった者は殺します。またどこか違う国に仕えロマンティアの敵になるようなら殺します。極力戦争武力としての勇者の力を封じ込める所存です」

「そうか、あいわかった。貴殿に任せよう。今回の件で子爵にする。一男爵では君の行動は突出しすぎていて他の貴族との無用な軋轢を生む。将来的には伯爵に陞爵《しょうしゃく》し、エミリアを降嫁させ王国と縁を結んでもらう」

そうなると思っていたよ。

「ハッ！　謹んでお受けいたします」

「うむ、よろしい。盗賊の町は封鎖し王国管理とする。管理はトヨトミ子爵とする」

「ハッ！　畏まりました」

「叙爵式はベッカム＝アディ＝リアドの捕縛後とする。貴殿の家臣アッシ＝マエジマを騎士爵、アリス＝スタッカートとシルビア＝スカイフォースを名誉騎士爵とする」

綾瀬さんと二宮さんはアッシの名前が出て驚き俺を見る。

「後で話そう」

手で制する。

「あと書状をカリスに届けてほしいので少し待っていてくれ」

レグラス国王は立ち上がりアーレフ宰相と退出する。

「君達の話を聞いて、どのタイミングで話していいか迷ってしまい後になってしまった。アッシは地下三四階から盗賊の町に飛ばされ捕まり、隷属の首輪を付けられ地下牢に閉じ込められていた。それを貴族子女と一緒に助け出した。彼を保護する意味もあって家臣にしたんだ。アッシの件は黙っていて済まない」

「いえ、気を使わせて、こちらこそ済みません。アッシ君については怒りがこみあげてくるので……これ以上聞きたくありません」

綾瀬さんは言う。

「アッシもヨシミさんに拾われていたのですね。ん～私もちょっと無理かな。絶対許せない」

二宮さんもNGだ。

これは、かち合わせないように配慮しなければならないな。

《Side　アッシュホード辺境伯　セフィル城》

ヨシミ君がレグラス陛下の書状を持って帰ってきた。

内容は盗賊の港を自分に与えることと、盗賊の町は封鎖し国の管理となり直接の管理はヨシミ君となった。

息子クロイスについては、ベッカム＝アディ＝リアドの捕縛後、『クロイス＝ゼン＝アッシュホードを法衣騎士爵とする』というものであった。

また、新たに従属させた二人の勇者はヨシミ君の配下とすることとなった。

これから従属させる勇者は南の魔の森の開発に宛がい、その力を封じ込めるというものだった。

逃亡した勇者が一七人、ネテシアに五人。ネテシアは新たに勇者召喚するらしい。

まずは逃亡した勇者の確保か。ヨシミ君も大変だ。

それとエミリア王女の降嫁か。予想通りだな。

王女とはいえ誘拐されているし、そうなるとパラオン公女の嫁入りもあるだろう。

アンゼには心苦しいところだ。

クロイスにリアド士爵の捕縛を命ずるか。

もしかしたら追加でリアド領を拝領できるやもしれん。

ヨシミ君にクロイスへの指令を持っていってもらおう。

【第一一話　魔力発生所と疑似インターネット　異世界転移八二日目】

綾瀬さんと二宮さんをセフィル内の屋敷に一旦預けた。

この際にアリスとシルビアに叙爵の話をした。

アリスは月々国から給料が入ると知り輝くような笑顔を見せてくれた。

逆にシルビアは理解が及ばないようだ。

その後、すぐさま盗賊の町にいるクロイスにカリス辺境伯の指令書を届ける。

カリス辺境伯から『息子の手柄にしたい』という話を聞いていたのでローゼン殿にそのことを伝える。

クロイスは、俺にリアド士爵の捕縛に同行してほしいと言うので、用事を片付けたら後から追いかけると話した。

クロイスの護衛に置いたアツシに法衣騎士爵に叙爵されることを伝える。

アツシは、「おし！　これで俺も騎士様だ！　次は男爵！」と息巻いている。

俺は東の魔の森の別宅に飛ぶ。

魔石コンロと魔石水道、魔石照明はそのままにして一階を拡張して脱衣場から外に作る温泉に入れるようにする。

別宅外で【探索】スキルを使いボーリングポイントを決め開始。

ボーリングというと言葉映えするが、いつもの土魔法レベル1のホールだ。

一〇〇メートル掘って出てきた温泉はぬるま湯だった。

ライトノベルしかり『……なろう』などの投稿のように都合良く適温が湧くのは稀だ。

りする。

日本の温泉地だって、温度が足りなきゃ加熱しているし、熱ければ川の水を引きこんで温度を下げていたりする。

日本が定める『温泉』は『温泉法』でキッチリと定められている。

源泉温度が二五℃以上であること。『リチウムイオン』、『水素イオン』、『沃素イオン』、『フッ素イオン』、『メタケイ素』、『重炭素ソウダ』など一九の特定成分の内、一つあることだ。

湧き出た温泉がぬるま湯なので加熱する必要があるが、異世界イーシャランテがどうなっているかわからないが、地球は下へ下へと掘り下げると、一〇〇メートル掘り下げるごとに二℃前後お湯の温度があがる。

仮に湧き出た温泉が三二℃なら適温とされる四二℃まで温度をあげるなら五〇〇メートル掘り下げればいい。

温泉という効能だが、湧き出る温泉水が身体にいい成分ばかりではない。

某水の女神が温泉郷の温泉を真水に変え、住人に追い駆けられる情景が思い浮かぶ。

【浄化】スキルを使うと良い成分も真水になってしまう。

温泉というと肩こりや腰痛、冷え性に良く美肌などの効果が思いつく。

戦国時代では傷を治すのに温泉に入っていたことから切り傷にもいいのだろう。

ここ東の魔の森は、トヨトミ領となった南の魔物の森の半分ほどの大きさで、三浦半島のような取っ付きかたをしている。火山帯はなく海に近いので塩化物泉だ。

塩化物泉は食塩泉とも呼ばれ、日本の源泉の約二七％を占め保温効果の高い温泉だ。

心身をリラックスさせる副交換神経が優位になる傾向もある。

肩こりや腰痛のような筋肉疲労は、温めたり硬くなった筋肉をほぐすことが解消になるから、塩化物泉は保温力が高いのでとても良いだろう。

【分離】スキルで、沈殿槽内で塩化ナトリウム、塩化カルシウム、塩化マグネシウム、熱水を浴槽へ流しそれ以外の塩化カリウムなどを沈殿させる。

作製する温泉は一〇人一緒に入っても大丈夫な大きさの岩風呂にし、床は石畳にする。

岩は土魔法レベル1のロック、石畳はレベル8のグランドクリエイトで配置、作製した。

洗い場もつけたが、ここの蛇口から出るお湯は温泉水でなく魔石水道水を温めたものだ。

配管が面倒なのでこうした。洗い場の鏡もひとつひとつ付け、脱衣場には姿見の鏡をひとつ。

大きな洗面台にも大きな一枚鏡を取り付けた。

風呂はこんなもんだろう。

自然エネルギーとなるとソーラーパネルがすぐに思い浮かぶが、構造中の半導体が構造不明で実現できない。

代わりに光魔法を魔術式で表し、その逆の魔術式を用すれば光から魔力を得られる。

魔石に逆魔術式を刻印し、屋根に並べれば電気を生産することができるが、高出力の電気を作ろうと思えば、高レベルの光魔法の逆魔術式と高品質で大きい魔石がいる。

低いレベルの光魔法の逆魔術式で、それなりの出力を出そうと思えば、クズ魔石を山のように用意しなければならない。

残念だが光魔法も大量の魔石もどちらも持ち合わせていない。

なので、温泉の排水を利用して水力発電を行うことにした。

所謂マイクロ水力発電だ。

マイクロ水力発電の長所は、水の流れがあればどこでも発電できることだ。

小川、農業用水路、極端に言えば側溝程度の水の流れでも充分発電できる。

水流で水車を動かし、連動でコイルに被せた磁石を回し電気を取り出す。

同じように石壁に風車塔を作り、電気を取り出し別宅各階各部屋に配線を施した。

雷魔法は魔力を雷にする魔法なら電気を魔力に変換することも可能である。

雷魔法の魔術式の逆魔術式で魔力に変換して、各々の道具に繋ぐことにする。

冷蔵庫は、逆魔術式で変換して得られた魔力を用いて、氷魔法のフリーズやフリーザを発動させて冷やす。

これと同じ方法でクーラーも作製した。

ステータスプレートを【スキャン】し、【創造魔法】で【遠話】スキルと【接続】スキルをつけたプレートフォンを作製した。

プレートフォンは【遠話】で電話機能を持ち、【接続】で俺の個人スキル【辞書】に閲覧書き込みできるようにした。

【表示】、【連動】を新たにスキルとして作りマウスとキーボードも作製した。もちろんコードレス。

仮に【辞書】の閲覧システムを『ウズペギ』とする。

『ウズペギ』がネットの代わりになり、綾瀬さんと二宮さんの暇つぶしになればと思ったからだ。

最後に彼女二人のために天蓋付きのベッドを新しく二つ置いた。

ストーンヘンジの中心に埋め込まれている大きな青色の石はインベントリに回収してあるので、此処には誰もこれない。電気設備などの秘密は守られるだろう。

次いでに、ワイバーンを狩りにワイバーンのコロニーへ寄り一〇匹ほど狩った。

売ることが目的なので素材解体せず、インベントリにしまい王都で換金する。

その際Bランクに昇進の話が出たが、男爵であることを理由に断った。

ワイバーン一〇匹は一億ネラになった。

さすが王都のギルドは金持ちである。

お金も入ったことだし、綾瀬さんと二宮さんに貸し出す前に、最近領地経営に必要な勉強で根を詰めているアンゼを別宅露天風呂に誘う。

◇◆

「アンゼ！　今日の勉強は終わった？」

「ええ、今さっきよ。どうしたの？　嬉しそうだけど」

「ああ、わかる？　自動で魔力を作る方法ができたんだ」

「ええ！　ウソでしょ！」

「ふふん♪　見に行こう。場所は以前いた東の魔の森の岩の家」

「わかったわ。新しく造る町のモデルなのね」

「そう、手を繋ごう」

俺とアンゼは東の魔の森の岩の家に飛んだ。

◇◆

「風車を石壁に付けたの？　あっちの四角い建物は何かしら？　窓がひとつしかないようだけど」

「まぁ、順に説明するよ。じゃあ、窓がひとつしかない建物、源泉口と沈殿槽を見よう」

アンゼの手を引く。

「アンゼ、この国に大衆浴場ってある？　身分に関係なく皆で入れるお風呂を扱っているお店」

「ないわ。平民はお風呂に入る習慣がないもの。そもそも水が貴重だもの。貴族の屋敷か高級宿屋しかお風呂はないはずよ。生活魔法のクリーンもあるし」

「そうか、俺の前いた世界では、それぞれの自分の家にお風呂が付いていていて毎日入っていた。仕事や人間関係に疲れた場合なんて、わざわざ温泉宿にお風呂に入りに行くんだ」

「全ての家にお風呂があることも驚きだけど、家にお風呂があるにもかかわらずお風呂に入りに出かけるの!?」

「ああ、温泉宿のお風呂というか、お湯が特別なんだ。地中からお湯が水のように湧き出ていて、このお湯が身体に良い影響をもたらすんだ。地中から出てくるお湯次第なんだけど、切り傷を癒したり、火傷を癒したり、肩や腰の痛みを和らげたり、肌をツルツルスベスベに綺麗にするものもあるんだ」

「切り傷や火傷を治す癒しの泉は聞いたことがあるわ。大抵が教会が管理しているけど。肌を綺麗にするものもあるのね」

「で、この建物は地中から出たお湯を綺麗にして、岩の家の露天風呂に流しているんだ」

「露天風呂?」

「外に作られたお風呂のことだよ。外の景色を見ながら入るんだ。まぁ、此処は石壁で覆われていて石壁の外は見れないけどね。青空の下、外でお風呂に入ると開放感で気持ちがいいんだ。リラックスしたり気分転換にもってこいだよ」

「それで私を誘ってくれたのね。露天風呂はわかったわ。魔力を作り出した方法と関係あるの?」

「あるさ。岩の家の露天風呂へ行こう」

◇
◆

「これが露天風呂!? 確かに空の下ね。誰かに見られそうで気恥ずかしいわ」

「此処は誰も来ないよ。来てもセリスにアリスだけだし。この後、今回確保したネテシアの勇者二人に転移魔法がレベル3になるまで岩壁の外で狩りをしてもらう。それまでの住居として貸し出す予定だ」

「わかったわ。町はすぐ造れるの？」

「土魔法レベル5のクリエイトハウスとレベル8のグランドクリエイトで大体できると思う。あそこで溢れた温泉を外へ流している。ちょっと見に行こう」

「この小さい水車が回ることで雷魔法を生み出している。それを魔術式で魔力に変換している。魔術式で雷魔法レベル1のスタンやサンダーが使えるから、その逆を魔術式で魔力にして魔石に供給をしたり、溜めることができるというわけさ。さっきの風車も同じ理由だ。一部、家の中で作った魔力で冷やして食材を保存する魔道具や部屋を涼しくしたり、暖かくする魔道具に使っている。余った魔力は魔術式で水魔法レベル1のウォーターで飲み水を作ることもできる。とりあえずは二階のキッチンの魔石水道はそのままだけど、一階の大きな水瓶にできた水を貯めてオーバーフローした分を岩壁の外の小川へ流している」

「凄いわ。これを町レベルで作るのね」

「ああ、実際は水を岩壁で囲んで溜めて、一部穴から水を流し水車を回そうと考えている。水を流して魔力を作り、魔力を魔術式で水に戻して、また貯める。このサイクルをグルグル回すつもりだ。風車は補助及び予備魔力作製だな」

「永久機関!!　スゴイ町になりそう！」

「さて、一緒に露天風呂に入らない？　お風呂の後は冷えたエールもあるよ。エールは冷やすと凄く美味しいんだ。ワイバーンのお肉もあるしステーキにしよう。僕が焼くから、アンゼは王都で買ったチーズを摘みながら焼けるのを待ってくれればいいよ」

「ふふ。ありがとう。気を使ってくれて。でもエッチもしてくれないとヤダからね」

ふわ〜〜、アンゼとHは久々だな！

よし！　いっぱいサービスしちゃうぞー!!

◇◆

アンゼは屈んで湯舟に手を入れ、温度を確認すると恐る恐る足入れる。

肩まで浸かると脚を伸ばし、指を組んで裏返しにすると腕を伸ばした。

「ふぅ～、ちょっと熱いけど、いい湯♪」

「う～ん、ちょっと熱かったか？　俺は、このくらいが気持ち良いんだけど」

ヨシミは、アンゼの左隣で湯に浸かる。

アンゼは両手で湯を掬い、匂いを嗅ぐ。

「少し、火山の匂いがする」

「浄化してある。飲んでも大丈夫だぜ」

ヨシミが言う。

アンゼが口を付けようとした瞬間、ヨシミの腕がアンゼの肩をまわり右のオッパイを握る。

「ひゃあ!?」

「あれ？　エッチしてほしいって言ってたよね？」

「そ、そうだけど、ひゃあああ！」

手の平でオッパイを揉む。

「オッパイ柔らけぇ～」

「あぁん♡　そんな、ぐにぐに、あぁ、あああぁぁぁん♡♡」

ヨシミは手の平の肉感を楽しむように乱暴にオッパイを揉む。

ひとしきり、オッパイを揉み扱くと、手の平でオッパイを掬うように支え、乳輪に沿って指を這わせ乳首を摘まんで揉みあげる。

「んんぅ♡　あああぁ♡♡」

「ふふ、気持ちいい？」

「気持ちいい……」

　オッパイを掬っていた手が腰に伸びると、お尻にまわり、浮力でアンゼの身体が浮かせるとヨシミの前へとアンゼを動かす。

「あっ！」

　移動の際、お尻にチ○ポがあたり、お尻の谷間を滑り尾骶骨へ亀頭が登る。

　ヨシミのおチ○ポ……。

　アンゼは無意識にツバを飲み込む。

　アンゼの意識は腰にあたるチ○ポを感じることに集中してしまう。

「ひゃああ！」

　突然、ヨシミの指がおマ○コに入ってきた。

　アンゼはそう思った。

　潜りこんだ指はGスポットを探り膣内をモゾモゾと登る。

　ヨシミの左手指はアンゼの左乳首を摘まみコリコリと捩じる。

「あぁぁ♡　あ、あぁぁああ♡♡」

『ぐりっ……』

　モゾモゾと登る指がGスポットを捉え激しく叩き擦った。

「あっ♡　あああぁ♡　あぁ♡　あああぁぁぁあああぁぁぁあああ♡♡♡」

「派手にイったねぇ」

「はぁーーー、すぅー、はぁーーー」

アンゼは深く息をつく。

腰をあげたアンゼは、ヨシミの右隣の縁に手を突き、お尻を掲げると肉厚のマ○コに手を伸ばし小陰唇を指で広げ膣内をさらす。

「おチ○ポ♡　入れて♡　ヨシミ……」

ヨシミは右手でチ○ポを持つと、アンゼの肉壺に亀頭を沿え、一気にぶっ挿した。

「んんんあああぁぁぁ♡♡♡」

亀頭は子宮口に押し入り子宮内に顔を出すと膣壁を圧す。

「あ、ああ、あ、ああああ♡」

膣道はヨシミのチ○ポでパンパンだ。

「動くよ、アンゼ」

「いいよ。来て、ヨシミ」

『にゅぷぅ　にゅぽぉ　にゅぷぅ　にゅぽぉ　にゅぷぅ　にゅぽぉ』

ヨシミの腰が緩やかに動きだした。

「んっぐうぅ！　んっぐうぅ！　がはぁ、ぐうぅ、ぐうぅぅ」

キツキツのマ○コは、ヨシミのチ○ポを受け入れようと蠢き、愛液を分泌する。

『パァン　パァン　パァン　パァン』

愛液で滑らかになった膣道をヨシミのチ○ポがストローク。

亀頭は子宮口を押し込み、子宮内に頭を出すと、カマクビが子宮口を逆撫でして出てゆく。

『パァン♪　パァン♪　パァン♪　パァン♪』

「あがぁ♡　おごぉ♡　おほぉ♡　あっへぇ♡　あっはぁ♡」

脳内麻薬が脳を湿らせ、痺れるような快感が頭を走る。

『パン♪　パン♪　パン♪』

「あぁあああ♡　あぁあああ♡　バカに、バカににゃるうぅぅぅ♡♡』

「いくぞアンゼ！　中に出すぞ」

「あっはぁあああぁぁ♡　来てぇ♡　ヨシミのチ○ポで孕ませてぇぇぇ♡♡」

「うおおぉぉぉ！」

『パンパンパンパンパンパンパンパン』

「あああぁぁぁあああぁぁあああああ♡♡」

『どっびゅうぅ、どっびゅうぅ、どっびゅうぅ、びゅるるるる』

アンゼはヨシミの子種を子宮で、いっぱいに受け止めると頭から力無く突っ伏した。

《Ｓｉｄｅ　シズカ＝ニノミヤ　異世界転移八二日目》

翌朝、食事を済ませるとヨシミさんが『しばらく別宅で過ごしてくれ』と言われ東の魔の森にある別宅なるものに連れて行かれた。

八メートルの石壁に囲まれた別宅は岩石をくり貫いた作りだが中に入るとコンクリートの打ちっ放しのようでモダンな感じがした。

一階の脱衣場から外の露天風呂に続いており、温泉がこんこんと流れ込んでいた。

二階にはダイニングキッチンと一九インチのモニターとキーボード、マウスが置かれたリビングがあった。

「うそ！　インターネット!?」

驚き喜んだが、ヨシミさんのスキル【辞書】を通してこの世界の情報を閲覧書き込みできるものらしい。

携帯用のプレートフォンを貰った。電話代わりに使えるそうだ。

外の風車塔と温泉の排水を利用したマイクロ水力発電で電気を起こし、魔術式で魔力に変えてから魔道具が使えるようにしていると聞いた。

さすが創造神の使徒!!

ビバ！　魔法科学！

ビバ！　ネット社会！

と思ったらこの世界に電気を普及させる気がないらしい。

電気を魔力に変換し魔石に充填した魔力バッテリーとして、あくまでも魔力を販売することを考えているとのことだ。プロパンガスの販売だね。

ということは、発電から魔力変換までする此処は秘密基地だ！

今は主にヨシミさんの経験や知識と【辞書】固有の収集機能で魔法や魔道具、国や重要人物の情報収集がメインらしい。

ならば！　私とミユは情報収集を加速させるのが仕事！

いずれは、ヨシミさんに動画情報を収集するための人工衛星か無人偵察機を作ってもらい、リアルタイムで情報を取り寄せたい！

危険なくこの世界中をくまなく見てみたい。

空中都市マチュピチュや干乾びたビクトリア湖の湖底、沖縄の海底神殿、真っ裸な仮面舞踏会。

ぐへへへぇ。よーし！　がんばるぞ!!

「シズカちゃん！　シズカちゃん！　聞いている？　ヨシミさんが転移魔法、飛行魔法とその他便利魔法を付与するから背中を向けてって言っているの！」

「ほへへぇ!?」

「もう！　飛行魔法を練習して飛べるようになったら外で魔物を狩って転移魔法をレベル3まであげてくれって！　レベル3で一度行ったことのある場所なら転移可能なんだって！」

「へぇ？　レベルあげ？　ネットは？」

「二宮さん、それはあと。まずこの世界は移動手段が稚拙だ。転移魔法と飛行魔法はかなり役に立つ。是非ものにしてくれ。転移魔法がレベル3になったら無人偵察機による動画配信も考慮するから」

とヨシミさんは言う。

「え、なんで動画!?」

「シズカちゃん!?　口に出ていたよ！　シズカちゃんのエッチ！」

私は両手で顔を隠し座りこむ。

くぅーーーーー恥ずかしい！　ヨシミさんに聞かれた！

どうしよう。エッチな娘と思われたか。

エッチな関係を迫られるかも！

どうしよう、どうしよう、私のバカーー!!

【第一二話　スティアリング・アーマー　異世界転移八二日目】

アッシュホード辺境伯領の東、ラッセ男爵領の北に盗賊の町がある魔の森がある。

その北にリアド士爵領が存在する。

聞けば、クロイス軍は盗賊の町に半数を残して、リアド領を目指し魔の森を北上したらしい。

無茶をするな。

六〇人か。軍というより隊と言うべきか。

クロイス率いるアッシュホード軍に合流すべく盗賊の町から北へと飛行中である。

なにしろ勅令を持っている。

領主館に赴き書状を読み上げご同行願うだけのお仕事である。

森が切れ草原地帯を北に進むと石壁に囲まれた村が見えてきた。

その石壁の二キロ手前にクロイス隊が天幕を広げている。

どうやら明るい内に森を抜け一晩ここで過ごしたらしい。

一際大きい天幕に降りると中からアッシが出てきた。

「よう、ヨシミが来たぜ」

と、クロイスに声をかける。

ハァー、相変わらず言葉使いがなっていない。

「お義兄様！　お待ちしていました！」

元気な顔を見せる。どうやら、しっかりと眠れたようだ。

「おお、ヨシミ殿。朝早くからすまんの」

「ローゼン殿、これからリアド士爵の引き渡し要求ですか」

「ああ、開門後、ベッカム＝アディ＝リアドを拘束しその家族の幽閉、村の治安維持のために一時駐屯という流れだな。次の領主か代官が決まるまでとなるので、クロイス様は学生なので帰られ、私が此処に残り管理することになっている」

「クロイス様が領主になられる可能性は？」

「可能性はないわけではないが、ならないほうが良いと思う。リアド領は平地で鉱山もなく小麦の生産しかしていない。小麦はどこの領地も生産している。懐事情は厳しかったはずだ。まさか魔物の森に秘密の港を設け人身販売で収益をあげているとはな」

切羽詰っていたのか。領地経営は難しいな。

借金を重ね、商人か第三者に入れ知恵されたか。

「クロイス様！　早くリアド士爵の身柄を確保しましょう！　口封じがあるかもしれない！」

「黒幕がいると!?　開門を急がせましょう」

開けてくれるのを待っていたんじゃ遅い。始末されてしまう可能性がある。

「勅令で開けさせるべきです。渋ったら『国家反逆罪だ！』と大声を上げるのです」

「わかりました。ローゼン、急ぎ使者を」

「急ぎ使者を出します！」

◇◆

使者達が発つと行軍準備に取りかかり慌しく騎士が動き始める。

特にやることもない。従者に引かれた馬が目に入る。

シルビアの代わりに馬ゴーレムかトラックを作らないとな。

転移魔法と飛行魔法が便利すぎて忘れがちだ。

今度はトラックでいいか。頭の中に一〇トントラックを連想する。

自然とトラックから人型ロボットに変形する某司令官が思い浮かぶ。

ダメだダメだ。余計なギミックはいらない。変に凝って同じ轍を踏む。

使者達が五メートルある門に辿り着いた。

使者は自分達が辺境伯軍で、王の勅令のもと領主リアド士爵の身柄を預かりに来たことと、武装の解除と入場を求める口上を述べているのだろう。

扉が開くのを眺めていると突如門扉と共に使者達が、ぶっ飛ばされた。

へぇ？

突然現れた二体のレッドオーガが、金棒を振り上げ石壁を壊し、衛兵をミンチに変えている。

何が起きた!?

壊された石壁から村を覗くと三体のレッドオーガが村人を襲い喰らっている！

「お義兄様！　食人種のレッドオーガです!!」

振り下ろされる金棒でミンチになる衛兵が見えたのだろうか、パニックになっている。

「ローゼン殿！」

「わかっている！　クロイス様！　突入のご命令を！」

「え？　ハッ！　そう……ローゼン！　突入だ!!　突入!!　村人を救うのだ!!」

「ハッ！」

ローゼンは軍を動かすべく伝令を飛ばす。

こんなことならアリスとシルビアをセフィルに帰らせるんじゃなかった。

アツシは今にも飛び出しそうだ。

今さらながら即死スキルを作っておくべきだったか。

【ベクトル操作】ならいけるか？

血流を操作すれば殺れるか。

問題はアニメ本家は、直接触れないと血流操作できないという点だ。

不味いかもしれん。同じ能力を思い描いて作ったなら制限も一緒の可能性がある。

試す時間もないし、ぶっつけ本番もできない。

触ってから何秒で即死するかもわからん。

それに全部を一人で倒すのは悪目立ちで不味い。

「もうー待てねぇ！　俺は行く！」

「アツシ！　外はいい。中の村人を救え！」

「当たり前のことぬかすな！」

アツシは跳び出した。

そうだ！

アイテムボックスからド〇に似たリビングアーマーを取り出す。

『ステータス』
種族：魔物　リビングアーマー（人型）年齢：　性別：
ランク：B＋＋
レベル：60
体力：1／24000
魔力：0／11600
幸運：B
状態：休眠中
製作者：ユウジ＝ホッタ
材質：ミスリル
基本スキル：剣術Lv．6　飛行Lv．6　剛力Lv．6　加熱Lv．6　気配察知Lv．6　加速Lv．6　浮遊Lv．6　豪打Lv．6　冷却Lv．6　気配遮断Lv．6　回避Lv．6　跳躍Lv．6

体当りLv．6　防御Lv．6　魔力操作Lv．6
レアスキル：夜目Lv．6　遠目Lv．6　瞬動Lv．6　金剛Lv．6
スペシャルスキル：状態異常無効　自己修復（大）
ユニークスキル　：オートヒーリング（大）
エクストラスキル：
加護：
装備：ヒートソード（加熱切断方式ミスリル剣）鋼の盾
備考：魔力供給域外のため活動停止

ユウジ＝ホッタって日本人じゃないか!?

ダンジョンマスターか!?　最下層にいるのか？

【解析】をかけると、核となる魔石の場所は後頭部だった。

頭部から魔石を取り出し魔術式を書き換える必要がある。

それとベネレクッス大迷宮からか、ダンジョンマスターのホッタから魔力供給されて動いていたので、ゴーレム化するか魔力バッテリーを付けるか俺から魔力を供給するかだ。

首のない頭部を【切断】スキルで切り離し【分離】スキルで魔石を抜き出す。

切り出した首元をミスリルのインゴットを使い【成形】スキルにて穴埋めボールジョイントを置く。

切り離した頭部の内側に魔術式を書き換えてAI化した魔石を入れて、【形成】スキルでグラグラしないようにミスリルで肉埋めとボールジョイントの軸受けの窪みを【形成】スキルで作製し、胴体にはめ込む。

プラモデルみたいになったがこれで首は回転する。

ひとつ目（カメラ？）の可動域を左右上下から上↓頭頂部↓後頭部へと延長した。

某アニメに登場する四メートル高の人型兵器を想定して操縦できるように考察するが。

今はそれどころじゃないか。

とりあえず此処までにして、コイツを原型機としてもう三体を創造魔法で複製しよう。

複製一体を残して背中に丸い穴を開け、【成形】スキルでネジ穴を作り、動力炉となる魔石を包んだ単三電池のような容器をネジを回して取り付ける。魔石はワイバーンのものだ。

よし！　ゴーレム化するか。

「クリエイトゴーレム！」

三体のド○もどきが目（カメラ？）を光らせ立ち上がる。

原型機をDとして後は適当にA，B、Cと決める。

「AとBは村の中のレッドオーガ一体に対して二対一で当たれ。出撃！」

AとBは三○センチ浮くと滑るように壊れた石壁から中へと消えた。

「Cは城門石壁で衛兵を襲っているアイツだ。アイツをレッドオーガAとする。ヒット&アウェイで攻撃せよ。出撃！」

Cも浮上しレッドオーガAへ向かった。

「クロイス様！　あっちのレッドオーガはゴーレムCに当たらせます。もう片方を騎士に当たらせてください。あと衛兵の救助を！」

「わかりました！」

さてド○型アーマード・ト○ーパーを作り上げてしまおう。

胸部がハッチオープンできるように切断、肩を軸にしてス○キの軽自動車バンの後部ハッチを参考に、リアダンパーを左右に付けて頭部と一体に開くようにする。

コックピットスペースができたので、ミスリルのインゴットを用いて内張り【形成】する。

車の座席を設置し、座席肩の高さから手前に辺境伯軍が使っているフルプレートの鎧の腕を取り付け、【連動】スキルでド◯の腕と手、指とスイッチのＯＮ／ＯＦＦで連動させる。

座席肩右に懐中電灯サイズの柄を取り外し式で付け、懐中電灯の如くスイッチのＯＮ／ＯＦＦにド◯もどきに装備されたヒートソードのＯＮ／ＯＦＦに【連動】させる。

また座席は回転可能にして、座席の回転が【連動】スキルでド◯もどきの腰の動きに連動させる。

ヘルメットを作り頭の動きをド◯もどきに連動させる。

走行は【浮遊】スキルにて浮上、【前進】、【固定】、【後進】のシフトチェンジで行う。

加速は座席足もとのアクセルペダル、停止はアクセルペダルの左横のブレーキペダル、さらに左足置きの右隣に浮上ペダルを置きジャンプも可能にした。

ターンは両足外側に鋼のニードルを地面に打ち込み軸反転をさせる。

右足のニードルはアクセルペダルの右隣で右壁下にあり踏みつけてＯＮ。二度踏みつけてＯＦＦとなる。

左足のニードルも左足置きの左壁下で操作は同じだ。

座席手前にジョイスティックのあるコントロールパネルを置いた。パネルには浮遊スイッチと頭、座席、腕、手、指の連動システムのスイッチがある。

【掴む】、【摘む】、【握る】、【歩行】スキルを作製し各スイッチをコントロールパネルに設置する。

某アニメに、同じように『歩く』、『走る』、『殴る』といったボタン操作のロボットが出てくるのだが、当時は『いい加減な作り』と思ったが、今にしてみれば高性能ロボだ。

連動システムＯＦＦ時でなければ掴む、摘む、握るスイッチは使えない。浮遊スイッチＯＦＦ時でなければ歩行スイッチは使えない仕様だ。

ジョイスティックは連動スイッチＯＦＦ状態での操縦桿で、右ジョイスティックには射撃ボタン、左ジョイスティックにはド◯もどきの目【カメラ？】を頭頂部・後頭部に動かせるボタンを付けた。

視界は前面・右面・左面のディスプレイモニタで行う。

魔術式ディスプレイモニタと魔術式カメラアイを創造魔法で作り出す。

作った魔術式ディスプレイモニタと魔術式カメラアイを【スキャン】して魔術式を起こし、黒く塗ったミスリル板の裏に魔術式ディスプレイモニタの魔術式を刻み、水晶レンズを包む円柱金属に魔術式カメラアイの魔術式を刻む。作った『魔術式カメラアイ』は側頭部に取り付ける。

『魔術式カメラアイ』と『魔術式ディスプレイモニタ』を【接続】し反映させる。

前面の『魔術式ディスプレイモニタ』は、元々の目（カメラ？）に【接続】し、側頭部に取り付けた『魔術式カメラアイ』はそれぞれの左右ディスプレイモニタに【接続】し映し出されるようにした。

魔力バッテリーを背中のランドセル部にネジのように回して取り付け、空気弁を後頭部後のランドセル天板に二つ作りコックピットに空気が流れるよう設計した。

完成したので、【スキャン】して設計図を【辞書】に保存する。

『ステータス』
名前：ドル・トルーパーA
種族：スティアリング・アーマー（人型）年齢：　性別：
ランク：B
レベル：1
体力：24000／24000
魔力：11600／11600
幸運：B
状態：良好

製作者：ヨシミ＝ヨシイ＝トヨトミ
材質：ミスリル
基本スキル：剣術Ｌｖ．１　飛行Ｌｖ．１　剛力Ｌｖ．１　加熱Ｌｖ．１　気配察知Ｌｖ．１　切断Ｌｖ．１　加速Ｌｖ．１　浮遊Ｌｖ．１　豪打Ｌｖ．１　冷却Ｌｖ．１　気配遮断Ｌｖ．１　貫通Ｌｖ．１　回避Ｌｖ１　跳躍Ｌｖ．１　体当りＬｖ．１　防御Ｌｖ．１　魔力操作Ｌｖ．１　障壁Ｌｖ．１
レアスキル：夜目Ｌｖ．１　遠目Ｌｖ．１　瞬動Ｌｖ．１　金剛Ｌｖ．１　透明化Ｌｖ．１
スペシャルスキル：アイテムボックスＬｖ．１　転移魔法Ｌｖ．１　リフレクターＬｖ．１　自己修復（大）
状態異常無効
ユニークスキル：オートヒーリング（大）
エクストラスキル：
称号敬称：
加護：
装備：ヒートソード（加熱切断方式ミスリル剣）バズーカ　鋼の盾
備考：
学習型ＡＩ（戦闘データの蓄積と最適化、搭乗者の音声サポート）
オートムービング機能あり。

「お義兄様、それは!?」

「スティアリング・アーマー。中に乗り込んで操縦するゴーレム」

開いたハッチから乗り込みヘルメットを被りシートベルトを締める。

起動スイッチを押してハッチを閉める。前面と左右のモニタに外の景色が映し出された。

続いてコントロールパネルの頭、座席の連動スイッチを押す。格闘戦はしないので腕、手、指の連動スイッチは今回は入れない。

どれ、バズーカを取るか。

右のジョイスティックを操作してバズーカに手を近づける。ここからコントロールパネルの掴むスイッチを押しバズーカを掴む。

ジョイスティックで持ち上げる。腕に連動しているので重さが伝わる。

重いなぁ。あー見落とした。パワーアシストがいるか。

自分自身に【剛力】スキルがあるから持ち上がらないことはないが、あるに越したことはない。

浮遊スイッチを入れると音もなく浮き上がる。

ハイブリット自動車と一緒か。音がしないと回りに起動したことが伝わらない。

音がしないのも良し悪しだ。

「お義兄様!?」

「コイツでもう一体のレッドオーガに当たります。何、狙いを定めて引金を引くだけです。では行きます！」

クロイスの困惑している顔が映しだされる。

う〜む。拡大、望遠機能もいるな。

終わったら再検討だ。

アクセルを踏むと滑るように前進をする。バランスはＡＩが補っている。

よし！　動く砲台ぐらいはできそうだ。

俺はレッドオーガＢの右大腿部に狙いを定め、右ジョイスティックの射撃ボタンを押した。

【第一三話　勇者様　異世界転移八二日目】

《Side　ベッカム＝アディ＝リアド士爵》

「デビットめ！　むざむざ捕まりおって！」

「スウェーデとユーノスの小娘がいなくなった時点で逃げればよかったのよ！」

妻のビフィレが言う。

「ウルサイ！」

「出頭なされるのですか？」

ベールで目もとが見えない魔術師の女は問う。

「バカなこと言うな！　公開処刑に決まっている。お前もギロチンだ！」

「私は雇われただけですわ」

「ふん！　貴族に手をかけたのだ。犯罪奴隷だな！　良くて兵舎の肉便器だ！」

魔術師の女は苦々しく思っているのか奥歯を噛み締めているようだ。

「アナタ！　トルク伯！　トルク伯はなんと!?」

「関係者を皆殺しにして、ワシ自身死んだことにして国を出ろとの指示だ」

「それはスウェーデとユーノスの小娘がいなくなった時の話ですね」

魔術師の女は言う。

「脱出してトルク伯を頼りましょう。ルーデンスに入ってしまえば追って来れないわ」

「糞！　平民からやり直しか。仕方がない。命には代えられん」

「どうやって脱出するのです？」

魔術師の女が問う。

「貴様は転移魔法は使えんのか！」

「使えませんよ。転移魔法が希少なのはご存知でしょ」

「チッ、使えんヤツめ！　何か手を考えろ！　白金貨をくれてやる」

「アナタ！」

「お前は黙っていろ！　命が助かれば安いもんだ！」

「召喚魔法でレッドオーガを呼び出して、アッシュホード軍のいる南門と村の中で暴れさせましょう。アッシュホード軍がレッドオーガを討伐している間に北門から脱出、サヌア領からトルク伯領に入れば良いでしょう。偽名で商業ギルドに登録しておられましたよね」

「ふん！　それしかないか。お前はどうするのだ!?」

「私は飛行魔法が使えます。飛んで逃げるだけです」

「チッ！　自分だけ逃げる術があるということか！　まぁいい、ソレでいこう。それ白金貨だ！　受け取れ。我々が北門から出たらレッドオーガを召喚し館に火をつけろ！　ビフィレ！　モニカとローナに支度させろ。三〇分後に出る。急げよ！」

「執事のヨナサンどうするの？　殺すの？」

「ヨナサンか、ヤツには御者をさせる。同じ秘密を持った者のほうが安全だ」

「わ、わかったわ」

ビフィレ、お前がヨナサンと懇ろなのは知っている。

トルク領で二人共奴隷として売り飛ばしてやる！

◇
◆
三〇分後
「行ったか。バカな男。すぐに殺してあげる。まずはレッドオーガを召喚ね」

魔術師の女はベランダに出ると眼下の庭に向かい詠唱を始める。

「大地より生まれしものよ。封印されし力の根源よ。怒れる心よ。我の声に耳をかたむけよ。我は解放者。汝の鎖を解き放つ解放者。その憎しみと怒りを解き放つ。総べてを殺し総べてを壊せ。ファイブ・バーサーク・レッドオーガ!!」

輝く五つの六芒星の魔法陣が現れ、時計回りに回転すると、さらなる輝きが増し巨大なシルエットを生み出す。

巨大なシルエットは人型になり、黒い髪と赤銅色の肌、額に二本の角を持った食人種となった。

「AとBは南門。CDEは村の中心からCは東、Dは西、Eは北門に向かって進め! 建物を壊し私以外の人間を殺して喰らえ!」

「「「「「ウオーーーーーー!!!!!」」」」」

雄叫びをあげ金棒振りあげ走り出す。

ふふ、頃合をみて脱出。リアドを始末せねば。

《Side　村の中　エイミー宅》

血の繋がりがないとは言え、小さい頃から手塩にかけて育ててきた娘を……あんなヤツに、あんなヤツに！

『パパって呼んでいい？』

今でもパパと呼んでくれたあの日のことをハッキリと思い出す。

ずっと娘の成長を見守ってきた。

なのに、なのに！　あんなヤツに！

◇◆

パパも私に彼氏ができたとわかればお尻を触ったりしないよね。

パパ、ママが亡くなってから変なことばかりするんだもん。

「エイミー。ちょっと話があるんだ。いいかな？」

「い、いつ部屋に」

「驚かせてごめんよ」

「話なら下ですればいいでしょ」

「どうしたんだエイミー？　変だぞ」

「ち、近くにこないで」

なんだか恐い。

「アイツの、アイツのせいだな！」

「キャー！　止めて！　離して！　うっ、ぐむむむぅぅ……」

湿ったハンカチで鼻と口を押さえられてしまう。

息が、苦しい……。

息苦しさに耐え兼ね、刺激臭を吸い込むと、脳に痛みが走る。

「あ、ううぅ……」

エイミーは意識を失う。

「エイミー。エイミーはパパのものだ。あんなヤツにエイミーの初めてを奪われてたまるか！」

男はエイミーの服を脱がし始めた。

◇◆

「ふぇ、何？」

「目が覚めたかいエイミー」

「えっ？　えっ？　何？　な!?　裸ぁ!?　なんで縛られて!?」

気が付くとパンツだけで両手をベッドに縛り付けられていた。

いったい、どういうことなの!?

「パパ!!」

「一緒に歩いていた男は誰だ？」

「え？　何を？」

「一緒にいた男は誰だと聞いているんだ。あの男が好きなのか？」

「そ、そんなことパパには関係ないでしょ！」

「やっぱり、そうなんだ。そうなんだな」

「むぐぅ」

右手で口を押さえられた。

「エイミー、お前はずっとパパと一緒にいるんだ！」

「んんんっ、んんん!?」

パパの手がパンツに……。

「毛が指に絡まるようだ。ママは毛深かったからパパがいつもキレイに剃ってあげていた。エイミーも後でキレイに剃ってあげるよ」

「んんっ!!　んんっ!!　んんん!!」

「どれ？　処女かちゃんと確認しておかないと」

イヤ！　おマ○コに指が!!

『グリッ』

「んいっ!!」

「おっ！　良かったよ。綺麗な身体で。汚されていたらパパ、人殺しをしなきゃいけなかったよ」

『ズリュッ』

「ぷはぁ、はぁ、はぁ、はぁ」

指がおマ○コをなぞる。

口を押さえられていた手がどいた。

『クチュ、クチュ』

パパの指がおマ○コの中で蠢く。

「イヤ！　止めて！　んん、あぁぁぁ」

「パパのは大きいから、よく濡らしておかないと」

「え？　な!?　それって……イヤーーーー！！！　離してよーーーー！!!」

「ふふふぅ。ママも乱暴にされるのが好きだった。エイミーも乱暴にされるのが好きなんだね」

パパのおチ○ポがおマ○コの穴に添えられる。

「ひぃぃ！　イヤーー!!　やめて！　やめてよ!!」

「ママもそうやって喜んだ」

『ズリュ！』

「んんっ、ぎぃぃぃぃぃぃぃ!!」

うそ……そんな……。

「パパのおチ○ポが、私の中に……」

「ふぅ〜〜、さすがに狭いな。ギチギチだ。エイミーの処女はパパが貰ったよ」

『ギュチュ、ギュチュ、ギュチュ、ギュチュ、グチュ、グチュ、グチュ、グチュ』

「やぁ……いやぁ……」

「あぁぁ、ママが亡くなってからエイミーを育てることに必死だった。でも、頑張って良かった」

『ズッチュ、ズッチュ、ズッチュ』

「あぐっ、あぐっ」

「サイコーだ！　最高の娘マ○コができあがった！」

『ズッチュ、ズッチュ、ズッチュ』

「ほら、ほらほらほら。パパのおチ○ポがエイミーの最奥を叩いているよ」

「かっはぁ！　あうぅ、あうぅ、あうぅ」

両手で腰を持ち上げられ膝裏を手で押さえられる。

パパのおチ○ポがおマ○コを叩いているのが見える。

「ママはまんぐり返しが大好きだった。エイミーもすぐに気に入る」

「抜いて！　もう抜いてよ！　パパのバカ！」

「さぁ、中に出すよ。娘マ○コに種付けザーメン流し込むよ」

『ズッチュズッチュズッチュズッチュズッチュズッチュ』

「あああああ、出る！　中に出すぞぉぉ!!」

「やめて！　やめて！　やめて！　抜いて！　抜いてよ！　中に出さないで！」

「かっ、っつはぁーーー！」

『ドビュウ、ビュウ、ビュウ、ビュウ』

「やあぁぁぁーーーー!!」

「おおおぅ、搾り取られる！　娘マ○コにザーメン搾られるぅぅぅ」

やっとパパチ○ポが抜かれる。

「最高だったよ」

「死んじゃえコノ変態……」

「エイミーにそんなこと言われてパパ悲しいな」

このクズ！

『ドロッ』

おマ○コから精液が……。

「ははは、いっぱい出たな」

「早く解いて！」

「ああ、解いてやる。このままじゃバックで楽しめないからな」

「死ね！」

「いいのか？　早く掻きださないと赤ちゃんできちゃうぞ。パパはかまわんが」

「イヤーー！　早く解いて！　赤ちゃんできちゃう！　赤ちゃんイヤーー!!」

手を縛っていた縄は解かれた。私はおマ○コに指を突っ込んでパパの精子を掻き出す。

涙が頬をつたう。

うっうぅ、なんでこんなことに……。

『バァーン！　バリバリバリ、ズッシャーン』

突如、屋根に穴が開き赤銅色の腕が屋根の梁を圧し折った。

「キャーーーーー!!」

折れた梁と柱が崩れ落ちる。

「エイミー！　大丈夫か！」

運良く落ちてきた柱を避けることができた。

縛られた手を摩りながら階段を目指す。床に精液がポツポツ垂れる。

「エイミー！　レッドオーガだ！　食人鬼だ！　逃げるぞ！　早く！　早くしろ！」

床に落ちていた黄色のワンピースを頭から被り崩れる家を飛び出る。

振り返ると家よりも高い巨人が金棒を家に振り下ろすところだった。

『ダァーーン!!　バリバリバリ、バシャーン』

家は跡形もなく崩れ土ぼこりが舞う。

「い、家が、私の家が……」

「エイミー！　立ち止まるな！　走れ！　走るんだ!!」

茫然自失で立ち止まっていると、パパの大声が飛ぶ。

「北だ！　北門から村の外へ出る！　急げ！　立ち止まるな！」

北門を目指して走る。途中家々は壊され頭や胸から先がない死体が転がる。

通りは血に溢れ瓦礫と化した家からは呻き声や助けを求める悲痛な叫びが聞こえる。

走っていると野犬が死体から内臓を引き出し咀嚼している。

胃が収縮し苦く酸っぱいものが込み上げ口から吐き出してしまう。

「うっ、ぷっ、げぇえええぇぇぇ」

「エイミーー!!」

パパの声と共にパパに大きく弾き飛ばされ地面を転がる。

「離せ！　この！　糞！　離せ！　離しやがれぇ！」

顔をあげると赤いオーガに両手で捕まったパパを大きく開けられた口へと運んでいる。

「パパー!!」

「エイミー！　逃げろ!!　逃げるんだ！　パパはもう助からん！」

『バリ、グチャグチャ』

「あ、あああぁぁぁーーーーー！！！」

『シュウーーーーーーー!!』

パパの左肩を噛み切られ血飛沫が上がる。

吹き上がる血流を口もとに運びゴクゴクと飲みだした。

「あ、あああ、あぁぁぁ～～」

パパが食べられる。イ、イヤーーー!!

おぼつかない足で立ち上がると走り出す。

だが、すぐに立ち止まる。

オーガがもう一体……。

ウソ、エ、エチル……。

幼馴染のエチルは右首筋を噛まれその肉は咀嚼されている。

皮一枚で繋がった首が垂れる。

「あ、あぁぁ〜〜エチル」

突如、右腕を掴まれ強引に持ち上げられ肩がはずれる。

「痛た！　ギャアアーーーー!!」

引き裂かれる痛みに悲鳴をあげる。

「グッワアー！」

赤いオーガはいやらしく笑う。

赤いオーガは左手で右腕を掴み右手で左脚を掴むと羽虫の羽をもぐかのように引っ張りだす。

「ギャアアアーーーーーーーーーーーーーーーー！！！」

「グッワア！　グッワアハハハ。」

赤いオーガは笑う。

「助けてー！　誰か、誰か助けてーーーー!!」

「グオオオォーーー！!!」

放り飛ばされて、しこたま背中を打った。

痛みに耐えて眼を開くと黒髪の少年がオーガの右眼に剣を突き刺していた。

「死ねぇ！　死ねよ！　サンダーブレイク！！！」

閃光がほとばしり一瞬眼が見えない。

眼が回復するとすぐ近くに黒髪の少年が立っていた。

「大丈夫か？　よく頑張ったな。今、治して……パンツはどうした？」

ワンピースの裾は大きく捲くりあがりおマ◯コを彼にさらしていた。

うそ！　見られた！

慌てて裾を治す。

「お、お風呂に入っていたんです！」

「そ、そうか」

彼がかざした手から暖かい光が注ぐ。

視界の外に二体の赤いオーガが倒れている。

死んでいる。この人が殺ったの？

涙が溢れる。

「おい！　バカ、泣くな。助かったんだぞ」

「う、うん」

涙を擦り無理に笑顔をつくる。

「お前ひとりか？」

「パパが赤いオーガに食べられ……」

「他に身寄りは？」

「ありません」

それを聞くと頭をボサボサと掻き始める。

「ちょっと待ってろ！」

私から離れると懐から魔道具を出して話し始めた。小声でよく聞き取れない。

「ああ、ヨシミ？　ちっと頼みたいことがある。ああ、忙しい？　すぐ済む。一人使用人を雇ってくんねぇ？　ああ、女が一人だ。歳？　一二か一三だ。身寄りはねぇ。おっサンキュウ！」

「俺はアツシ。トヨトミ男爵のもとで働く騎士だ。お前さえ良ければ来い。男爵が使用人として雇ってくれるぞ。新興の男爵家で人はいねぇ。五月蝿いお局もいねぇ。女一人は危険だぜ」

「行きます」

迷うことなく返事をする。家は壊されパパは死んだ。

「わかった。今から転移魔法で飛ぶ」

彼の腕が私の腰にまわる。

「ひゃ!?」

「バカ、変な声出すな」

彼の顔を覗くと赤い。ワザとじゃないみたい。

視線を彼の顔から戻すと騎士達に周りを囲まれていた。

「アツシさん、この方は？」

一〇才ぐらいの少年がたずねる。

「トヨトミ家で雇う使用人だ。ヨシミ様は？」

「お義兄様ならアレです」

「なんだありゃ～、ド◯じゃねぇか」

「先ほど急いで作っていました」

「忙しいか、わかった。クロイス様、この娘を預かってほしい。俺は村の中に戻る」

「わかりました。お気をつけて」

「じゃ～な。大人しく待ってろ」

彼はそう言うと光と共に姿を消した。次なる誰かを救うため村の中に戻ったのだ。

ああ、私の勇者様。お気を付けて。

私は胸で手を組み、彼が無事に帰って来ることを祈った。

【第一四話　アッシVS魔術師　異世界転移八二日目】

《Side　アッシ＝マエジマ》

チッ、ヒールじゃダメか。ちょっとは塞がったが時間の問題だ。

ヨシミなら治せるだろう。

俺はプレートフォンを取り出し通話を選択し4・4・3とタップする。

「アッシだ。重傷者が村に溢れている。オレじゃァ治せねぇ。早く来てくれ」

『アッシ！　レッドオーガはどうした!?』

「赤ぃオーガなら三体倒した」

『わかった。こっちも終わった。今行く。俺の作ったド◯に似たゴーレムは見なかったか？　四メートルぐらいの大きさなんだが』

さっきのド◯のゴーレム版かよ。

「見てねぇな。やられちまったんじゃね」

『二体送ったんだぞ。そのうち一体はレベル60だ。確認する』

『う～ん、北門に赤丸と青丸二つ？　青丸二つはド◯ゴーレムだな。北東に移動するオレンジの丸が四つある。オレンジは盗賊か俺達の敵対者の表示だ。オレンジの丸三つが白丸二つを連れている。リアドの可能性があるな。これを追いかけるように走るオレンジの丸がひとつ。仲間かリアドに向けられた暗殺者だろう。ローゼンにも兵を向わせるが間に合いそうもないな。先に行って足止めしろ。やれるよな？　殺すな。絶対に殺すなよ』

「わかった。半殺しな。了解」

『ちょっと待……』

オレは通話を切った。

さぁ〜て行くか。北門で赤丸ひとつと青丸二つ。青はド◯もどきか。

頑張っているようならスルーだ。チンタラしていたら俺が狩る。

《Side　ヨシミ＝ヨシイ＝トヨトミ》

クソ！　切りやがった。俺はプレートフォンをしまう。

早く追っかけたほうがいいかもしれん。

「お義兄様!?」

「クロイス様。騎士にケガ人を集めるよう指示してください。自分が治します。首さえ付いていればなんとかします。あと北門から北東に移動する者がいます。リアド士爵だと思います。ローゼン殿に言って捕縛に向わせてください」

「は、はい！」

クロイスは側にひかえる騎士に言付けに走らせる。

石壁でレッドオーガと戦っていたド◯ゴーレムCは、簡単にパターン読みされ、頭を潰され大破した。

はぁ〜、HPやMPが大きくても所詮レベル1だもんな。仕方がない。

北東に逃げるオレンジの丸がリアドなら『してやられた』と言うべきなのだろうか。

村には門が東西南北に四つあり、盗賊の町に半数の六◯人を置いてきたので四つ押さえるのはギリギリだ。

レッドオーガに襲われる村人を放っとくわけにもいかず、門に人を割くことができない。

抵抗なく投降するものと思っての人員が仇となってしまった。

最初にエリアサーチをかければわかったことだが、目の前で人が襲われていれば後回しになる。

二宮さんじゃないけど無人偵察機とナビゲーターは必要だな。

異世界定番のナビ娘ちゃんか。

人工衛星も必要だろうか。

《Side　アツシ＝マエジマ》

北に向かって走ると緑の巨人とド◯もどき二機が戦っている。

まんまハ◯クじゃねぇか！　まさか元は人間じゃないだろうな。

雄叫びをあげ、滅茶苦茶に金棒を振りまわす。

理性ゼロだな。暴走状態だ。

ド◯もどき一機が振り下される金棒を掻い潜り懐に入ると、下からすくい上げるように右腕を切り飛ばし、右に滑るように抜ける。

もう一機が反対から体当たりをかけ、派手に緑の巨人が吹き飛ぶ。

決まったな。リアドを追うか。

飛行魔法で天高く飛び立つと北東に進路を取る。

エリアサーチをかけると、後から追うオレンジが湾曲に移動している。

道沿いに移動しているのか。ならショートカットだ。

街道を逸れて樹木の茂る森の遥か上空を突っ切る。

馬車を発見。リアドだ。

馬車を動けないようにぶっ壊して後続の暗殺者かもしれないヤツを先に片付けるか。

ヨシミは殺すなって言うが、手加減できる相手とも限らない。殺しも厭わない。

まずは馬車を止める。

「エアーカッター！」

右側二つの車輪を切断。右に横転、馬はそのまま街道を走っていった。

これでＯＫ。さぁー次だ。

街道に降り立ち追跡者を迎える。

上空に現れた追跡者は静かに俺の前に降り立った。

「遅かったな。ここから先は通行止めだぁ。通りたきゃ俺を殺して通れ！」

「笑わせる。随分口の利き方を知らないサルだこと」

「あ〜ん、テメー女か？」

「あら？　通してくれるのかしら」

「はぁ〜ん？　聞いただけだ。オレは男女平等だ。歯がなくなるまでぶん殴ってやるよ」

「ゲスが！」

『バァン！』

黒のグ○ックで右腿を打ち抜く。

「ギャア！　ぐっぅぅぅ〜〜」

「ほー、ガマンするか。泣き喚いてもいいんだぜ。ママ〜痛いよ〜ってな」

「おのれ〜センズリ臭いクソガキがぁーー!!」

「クソ売女が！　テメーだろうが！　オーガに村を襲わせたのはよ!!」

「ガキ！　村から来たのか！」

「ああ、テメーをぶっ殺すためにな！」

「身の程を知らない青二才が！　この私に勝てると思っているの？　上等だわ。思いあがったガキに冥土の土産に世間の広さを教えてあげ……」

『バァン！』

右肩を撃ち抜く。

「ギャアアーー!!」

「何上から目線で御託並べてんだ？　戦闘中だぜ。御託も詠唱する間もやらねぇよ。次は左腿だ。避けてみろ。三下！」

「ええ、避けさせていただくわ」

魔術師の女は怪しく笑う。

『バァン！』

弾丸は空を切り森に消える。

「チッ、転移か！」

「ご名答。レベル1だけどね。お前を殺すのには充分。この至近距離、避けられまい。ファイアーボール!!」

左一メートルの距離から放たれる炎の球がオレを包む瞬間、はじかれるように方向を変え魔術師を炎が包む。

魔法反射リフレクターだ。

「ギャアアアアーーー!!　熱い！　熱い!!」

ゴロゴロと地べたを転げ回る。

「ウ、ウォーター!!」

自ら水を被り火を消す。

「ハァ、ハァ、よくも、よくも！　許さん！！！」

「ギャハハハ。自爆だろが！　お前、人のセイにすんなよ」

魔術師は首から提げていた大きな魔石を引きちぎると放り投げる。

「サモン！　サラマンダーーー!!!」

魔石は激しく光輝き、その光は大きく広がる。

全長一〇メートル。全身に炎を纏い口から炎をチラつかせたオオトカゲが現れた。

「ギャーーーオーーーーーン!!」

「サラマンダーか！」

そんな召喚方法もありやがったのか。

「ふふふ。オーホホホー。死になさい。灼熱の炎に焼かれて悶え苦しむがいい!!」

「転移！」

勝ち誇るクソ女をシカトし転移でサラマンダーに接近。

「固定！」

魔力１０００を費やし一秒、サラマンダーの動きを止める。

どんな生物も目ん玉は弱点だ。お前はどうだ？　クソトカゲ!!

ミスリルの剣をサラマンダーの左眼奥までぶっ刺す。

「サンダーボルト！！！」

サンダーブレイクの三倍の雷を直接脳に浴びせる。

「ギャアアアアアオオオオオーーーーーーーン！！！」

断末魔の叫び。

大地より図体を支えていた六本の足は力なく崩れピクリとも動かない。

眼、口、耳から黒い煙が発ち上り焦げた臭いが辺りに漂う。

「どうした女？　今のが切り札だったか？　開始二秒で死んじまったぞ？　ギャハハハ」

「フゥ〜ハァ、フゥ〜ハァ、来るなーー！」

恐怖を感じたのか魔術師の女は腰が抜けズルズルと後ずさる。

俺は魔術師に追いつき、髪を掴んで頬をぶっ叩く。

『パァン、パァン、パァン』

「ぐっううぅ、助けて……」

「お前、あの村で何したよ。あ〜ん？　助けてとか抜かしてんじゃねぇよ!!」

「……リアド、リアドに命令されて……」

「同罪だボケ!!」

鳩尾にコブシを叩き込む。

「ぐっ、ぶ、ふぅうう」

悶絶。

「やめろアツシ！　お前の怒りはわかる。もうその辺にしろ。死んでしまう」

「……ヨシミ」

「首を喰われた人以外は治した」

「……チッ、わかったよ」

俺は固く握ったコブシを緩める。オレじゃ救えなかった命をヤツは救う。

俺の回復魔法は遅々として上がんねぇ。ヨシミに後付けでしてもらったせいか？

万物を救うとか言わねぇ。神になりたいわけでもねぇ。

ただよ。

『お父さん、お母さんを助けて』って懇願し泣きじゃくるガキ共に何もしてやれねぇ。

俺ができることはガキ共に代わって殴り飛ばすことだけだ。

そんな自分にヘドが出るぜ。

【 第一五話　リアド捕縛後と叙勲式　異世界転移九〇日目 】

《Side　ヨシミ＝ヨシイ＝トヨトミ》

俺はアツシを止めると、魔術師の女を【固定】してエミリア王女がしていた魔封じの首輪をかけた。

それから【捕縛】スキルで拘束、猿轡も忘れない。

火傷と鼻血、焦げた髪、土まみれでボロボロの服。

何をどうしたらココまでボロ雑巾のようになるんだ？

顔と右肩、右大腿部の傷をハイヒールで治す。

腹も思い切り殴られていたのでハイヒールをかけておこう。

汚れはクリーンで綺麗にする。

「サラマンダーはアイテムボックスに仕舞え。腐るから明日か明後日には換金しろ」

アツシは無言でアイテムボックスに仕舞う。

横転している馬車に目を留める。御者は路上に倒れ馬は見当たらない。

「リアドか？」

「たぶんな」

御者に傷は見当たらない。気絶しているだけのようだ。

身なりからして執事か。コイツも魔封じの首輪をしてから拘束し猿轡だ。

ライトノベルでは、とんでもない能力を持った執事がいっぱい登場する。

念には念を入りておく。

横転して空を向く馬車のドアに目がいく。

俺が捕縛するとクロイスの手柄にならないし重傷なら早く治したい。

思慮していると激しく地を駆るヒズメの音が聞こえる。

捕縛に出された隊がやっと追いついたのだ。見ればローゼンの顔もある。

クロイスも併走するように頭上を飛んでいる。

だいぶ上手くなったな。

「お義兄様！」

「ヨシミ殿！　リアド士爵は!!」

ローゼンが聞く。

「おそらく馬車の中でしょう。まだ確認しておりません。クロイス様。早く、イヤ、慎重に確認してください」

「おお、ヨシミ殿。かたじけない」

一三才ぐらいの少女と八才の少女が馬車から出され、続いて二〇代後半の女と中年男が騎士によって引き出される。

ローゼンはリアドとその家族であることを確認する。

リアドと夫人の傷は俺が治した。

クロイス、ローゼン、アツシ、リアド一家、魔術師の女、御者でサッサと転移だ。

さらなる暗殺者とのバトルとかいらない。

「クロイス様。セフィルにこのまま飛びましょう。ローゼン殿も状況報告に戻りましょう。リアド士爵の村に戻る時は送迎します。口封じの輩が来ないとも言えません」

「そ、そうですね。ローゼン！」

「うむ。わかり申した。状況報告に戻ります。お前達は副隊長のメリウスに治安維持に努めるように伝えよ」

「ハッ！」

騎士達は村の治安維持にトンボ帰りで戻ることになった。

俺達はセフィル城へと飛んだ。

◇◆

その後の話である。

リアド士爵家の人々と魔術師の女は王城へ送ることになり、王都の辺境伯屋敷に移す。

王城へ報告がなされると謁見の許可がおりカリス辺境伯、クロイス、俺にアツシで向かった。

リアド士爵の二人の娘は幽閉され、リアド士爵と夫人、魔術師の女、御者は尋問がされることになった。

黒幕が割れれば後は王城が対応する。俺の出番は此処までだろう。

ローゼンをリアド士爵の村に送り届け、アツシとエイミーを連れてセフィル城下にある俺の屋敷に帰る。

屋敷にはセフィル城のメイド長サラ、アリス、シルビアに平民美少女八人と、なぜか解放されたはずのユーノス伯の子女にスウェーデ伯の子女もいる。

黒髪美少女はエイミーをチラっと見るとアツシに駆け寄り腕をとる。

「アツシ様、お帰りなさいませ！」

極上の笑顔を見せる。

「んん、ああ、ただいま」

と、照れ笑い。

アツシもまんざらでもないようだ。

それを見たユーノス伯の子女が反対の腕にしがみつく。

「おにいちゃん、お帰り！」

嬉しそうな笑顔を見せる。

「おう！　妹ちゃん、元気にしていたか？」

「もう！　妹ちゃんじゃないです。ティファ。ティファです！」

「お、おう。ティファな！」

頭を撫でる。

「もう！　子供扱いして！」

大きく頬を膨らませ『怒ってますよ』とアピールするも頭を撫でられて嬉しそうだ。

「ちょっ、アツシ様。私はロワンナ＝ビクトール。お身近なご用は私が致します」

おい、待て、一時的な処置だけどお前は俺の奴隷だぞ？

本気かもしれん。早々に解放してアツシに付けるか。

言い争うティファとロワンナ。俺はそれを生温かく見守る。

アツシが拾ったエイミーは屋敷を口を開けて見上げている。

その後、ティファとロワンナの言い争いが始まると女ばかりの使用人に驚き俺をジト目で見る。

いや、違うから。ハーレムじゃないから。

平民八人はすぐ解放するし、シルビアは金属生命体だし、サラはセフィル城のメイド長だしイワノフもいるから。

アッシは法衣士爵が決まった時点で奴隷解放してあるが、【従属化】スキルはかけたままだ。

アリスは奴隷というより愛人、婚約者は二人。まったくハーレムじゃない。

アンゼの姿が見えないが、セフィル城の自室にいるらしい。

また勉強しているのか？

まぁ、おおかたメイドの勉強をしている彼女達と話しづらいのだろう。

子爵に陞爵したら最初の町作りを始めよう。

目指すは上下水道完備にオール魔道具化した最新の町だ。

家臣も集めよう。欠損奴隷でもAランクBランクなら治せば使える。

縁故のない家臣は絶対に欲しいからな！

《異世界転移九〇日目》

《Ｓｉｄｅ　アッシ＝マエジマ》

貧乏揺すりが止まらねぇ。落ち着けオレ！

「ふぅーーー！」

大きく息を吐く。

応接室にはオレの他にヨシミ、アリス、シルビア、アッシュホード伯の息子クロイスがいる。

「アッシ、法衣士爵が、月にどれくらい貰えるか聞いたか？」

「いや知らん」

「月に金貨一枚大銀貨五枚、一五〇万ネラ。年間で一八〇〇万ネラだ。庶民の年収三〇〇万ネラだから庶民の年収の六倍を貰うことになる」

「マジかよ!? 法衣男爵は？」

「役職にもよるらしいが金貨三枚だ」

「月三〇〇万ネラかよ！　スゲーな！」

「アリス、一代限りの名誉士爵も月一五〇万ネラ貰える。良かったな」

アリスは嬉しそうに微笑む。いつ見ても美人だ。

シルビアは無表情だ。相変わらずの無表情、笑えば可愛いのによ。

今回の謁見だが、ヨシミは貴族子女誘拐事件の解決の糸口を作ったことと、オレをロマンティアに帰属させたことが評価され子爵になる。

オレ自身はリアド士爵の息子を捕縛したことと、盗賊の町での活躍が評価されたらしい。

まあ、オレが勇者ということもあるだろう。

「謁見の準備が整いましたのでご用意ください」

「えーと謁見の方法はと……」

「謁見の間に入ったら真直ぐに進み、絨毯の切れ目のところで片膝をつく。手を胸に当てて頭を下げる。あとは、その場ごとに声がかかります」

「おう、ありがとう」

一二才の子供に言われちまった。

「では行きましょう」

廊下を進み、大きな扉の前に立つ。

扉が開き、前に進む。左右には偉そうな貴族が並んでいる。

辺境伯もいるな。

真紅の絨毯の切れ目まで進み片膝をつき頭を下げた。

「顔をあげよ」

正面から国王の声がかかった。事前に聞いていたとおりに顔を上げる。

正面の玉座に国王が座り、周りには王妃とそのガキどもが立っている。

「この一年、我が国の貴族子弟の誘拐が相次ぎ、悲しみに暮れる日々を過ごすことが少なくなかった。トヨトミ男爵による盗賊の町の発見を糸口として、その制圧ではアッシュホード辺境伯の子息クロイスの活躍もあり、誘拐事件の解決を迎えることになった」

その内容に謁見の間にいる貴族達の目は一二才の少年に集中する。

「そこで、この事件の解決に功ありし者に褒賞を与える。トヨトミ男爵前へ。陛下よろしくお願いいたします」

宰相が説明を終えた。

国王が頷く。

「トヨトミ男爵。この度の事件解決の切っかけを作り、多くの優秀な貴族子弟の救出は見事であった。そなたがいなかったら事件の解決はなかったろう。よって子爵に叙する」

「は！　ありがたき幸せに存じます」

オレは頭をさげたまま、それを聞く。

並んでいる貴族どもがまた一斉に騒ぐ。妬んでやがるのか？

「クロイス＝ゼン＝アッシュホード。一二才という若さにもかかわらず盗賊の町の制圧を指揮。リアド元士爵の捕縛と見事な手腕であった。騎士爵に叙する。この国のため尽くすように」

「ありがたくお受けさせていただきます」

次はオレか。頭上に視線を感じる。国王がオレを見ているのか。

目だけを動かし宰相を見る。

宰相、無言で頷いた。

「アッシ＝マエジマ。前へ」

とうとう来た。

「アッシ＝マエジマ。盗賊の町の制圧に於いて圧倒的な力を示した。また首謀者の一人を捕縛した功績をもって騎士爵に叙する。この国の発展のため尽くすように」

「ありがたくお受けいたします」

オレは一呼吸してから応えた。

これでオレは騎士爵。月一五〇万ネラの給料取り。正社員ってヤツか？

それも国のサラリーマンだ。

『寄らば、大樹の陰』だったか。

親父が公務員、公務員と五月蝿く進路を勧めるのでウザかったがソレになるとはな。

笑える。いや笑っちゃいけねぇか。

親はいねぇから喰いぶちは、自分で稼がなければならない。

ましてや公務員。安定して定期収入が入る。いいことじゃねぇか。

その後はアリス、シルビアと名誉騎士爵に叙勲した。

居並ぶクソ貴族どもはエルフで綺麗なアリスに、やらしい視線を注ぐ。

テメーら、アリスに手を出そうもんなら覚悟しろよ。

「これにて謁見を終了とする。陛下、ご退出をお願いいたします」

国王が退出し王妃、王子、王女と退出していく。

「詳細は別室で説明する。案内があるので待つように」

宰相に言われる。

これで終わりではねぇの？

メイドに案内された部屋は、叙爵式前にいた部屋とは違う応接室だった。

待っていると国王に宰相、お役人三人を連れて現れた。役人は資料を抱えている。

役人は財務の職員、人事の職員、地理院の職員だった。

オレへの説明は給料の話と家紋についてだった。

クロイスも同じだ。

そしてヨシミの話へと移る。

盗賊の町の住人全てがヨシミの奴隷となること、盗賊の町の住人を新しく作る町へ移すことが話し合われる。

無人となった盗賊の町を管理する役職にヨシミが付き、オレがヨシミに仕えることも決まる。

その後は、未開発のヨシミの領地について話が始まった。

はぁ～長くなりそうだ。

オレは空になったティーカップを見詰めそう思った。

《つづく》

あとがき

今、一巻を自身で読み返すと、やたらステータス表示に拘っており、頭の中がゲーム脳だったと恥ずかしくなるばかりです。

二巻でも初期登場で車の運転免許証代わりにステータス表示があります。パッと見で、人物情報がわかるので良かれと思ったのですが、後から縛りPlayになってしまい、書くのが大変になってしまいました。

登場人物の設定表現については、今後改善していきたいと思います。

二巻から勇者召喚されたクラスメイト達の話を追加いたしました。最初、勇者で賢者の称号のあるコウタ君を主人公に考えていたのですが、『賢者=頭がいい』という私のイメージから『バカな行動なら考えることも無く素で思い付くけど、頭のいい行動って何？　思い付かないだろう』と言うことで、考えも行動も荒っぽいイオリ君の登場となりました。

イオリ君には、クラスメイトを引っ張っていくうえで頑張ってもらいます。

メイン主人公としてヨシミ、サブ主人公としてケンジ、イオリと三人となりました。

それぞれが独立した話になっていますが、少しずつメイン主人公のStoryに合流させていきたいと思います。

最後に、去年八月の一巻販売から八ヵ月、二巻の販売に至ったこと、誠に感謝の気持ちに絶えません。販売に尽力して頂いた関係者様、ご購入頂いたお客様、書店で手にしていただいた方、ありがとうございました。

３８℃

監禁王
1
マサイ
illust ぺい
ノクターンノベルズ
年間ランキング1位
悪魔の指導で
監禁×ハーレム!!
全ランキングを席捲した
圧倒的話題作!!
※2020年12月1日現在
「悪魔の応援キャンペーン！　ご当選、おめでと－ございま－す！」。木島文雄の部屋にある日突然、自分を悪魔だと名乗るボンデージ姿の幼げな女の子が現れた。彼女は自分を魔界のキャンペーンガールと名乗り、文雄には類まれなる悪の才能があるとして、『何もないところに部屋を作り出す能力』を与える。最初はその部屋を悪用することなく、物を運んだりとそれなりに便利に使っていた文雄だったが、ある事件をきっかけに、自分を酷い目に遭わせた連中に復讐を決意する。「後悔させてやる！！」。彼は『能力』で部屋を作り出し、監禁と洗脳による復讐を開始する……。
｜サイズ：四六判｜価格：本体1,300円＋税｜

ハイスクール
ハックアンド
スラッシュ3
[HIGH!] SCHOOL HACK & SLASH
KENJI RYUTE
竜庭ケンジ
ILLUST アジシオ
叶馬《とうま》、ついに新規倶楽部
『神匠騎士団《アデプトオーダーズ》』を設立する！
ダンジョン攻略を目的とした全寮制の学校『豊葦原学園』に通う船坂叶馬は、軽薄イケメンな小野寺誠一、内気でインドア派な芦屋静香、享楽主義者の薄野麻衣とともに新規倶楽部設立に動いていた。そんななか、柏木蜜柑を部長とする倶楽部『匠工房』のメンバーをいろいろな意味で助けているうちに、いつの間にか『匠工房』を吸収し新規倶楽部『神匠騎士団』を設立することに。しかも『匠工房』のメンバーは全員女子で、部室は女子寮の一角に決定！　叶馬のハーレムがますます拡大していく…。新感覚、学園ダンジョンバトルストーリー第三弾登場！！
｜サイズ:四六判｜価格:本体1,300円＋税｜

オルギスノベル
ORGISNOVEL

異世界転移に巻き込まれたので、抜け駆けして最強スキルを貰ったった。❷

2021年5月25日　初版第一刷発行

著者　38℃

発行人　長谷川　洋

編集・制作　一二三書房　編集部

発行・発売　株式会社一二三書房
〒101-0003 東京都千代田区一ツ橋2-4-3 光文恒産ビル
03-3265-1881

印刷所　中央精版印刷株式会社

作品の感想、ファンレターをお待ちしております。

〒101-0003 東京都千代田区一ツ橋2-4-3 光文恒産ビル
株式会社一二三書房

38℃ 先生／あやかわりく 先生

ISBN 978-4-89199-678-9